红棉花开

痕淡墨浓留清音

蔡华建 著

中国纺织出版社有限公司

内 容 提 要

《痕淡墨浓留清音》是蔡华建的第四本散文集，是作者长于农村、学在校园、行于城市以及参与扶贫工作的人生叙事，也是作者思考人生，寻找自己精神脉络，确证自己生命过程的印记。

全书共分五辑，收录作者近年原创并发表的散文。这些散文，以内容和思想为先，质胜于文，有真情，写真相，文字自然，穿梭于理性与感性、世俗与审美之间，既是作者自己建立的精神家园，又为读者提供了多彩现实的深层理解及对人生与天理感悟的哲思。

图书在版编目（CIP）数据

痕淡墨浓留清音／蔡华建著.--北京：中国纺织出版社有限公司，2025.2

（红棉花开）

ISBN 978-7-5229-1776-4

Ⅰ.①痕… Ⅱ.①蔡… Ⅲ.①散文集-中国-当代 Ⅳ.①I267

中国国家版本馆CIP数据核字（2024）第096298号

责任编辑：林 启　　责任校对：高 涵　　责任印制：储志伟

中国纺织出版社有限公司出版发行
地址：北京市朝阳区百子湾东里A407号楼　邮政编码：100124
销售电话：010—67004422　传真：010—87155801
http://www.c-textilep.com
中国纺织出版社天猫旗舰店
官方微博 http://weibo.com/2119887771
北京虎彩文化传播有限公司印刷　各地新华书店经销
2025年2月第1版第1次印刷
开本：880×1230　1/32　总印张：72
总字数：890千字　总定价：680.00元（全9册）

凡购本书，如有缺页、倒页、脱页，由本社图书营销中心调换

目录

001　**辑一　桃之夭夭灼其华**
002　　稻草人
006　　洗　面
010　　土地的秘密
018　　一株水稻，在阳光里向大地低下了头
022　　一年新月割稻始
026　　一升米，一双草鞋
031　　桃之夭夭灼其华
034　　走在路上

039　**辑二　天涯何处有药香**
040　　心的方向
051　　大地上的节气
055　　盒　子
062　　天地之气
067　　传递温暖
069　　天涯何处有药香

073　疫疠沉思录
083　一个广州人是如何谈论黑茶的
092　最热，开出最香的花

099　辑三　岁月如风亦如雨

100　当县长的第一天
106　知青岁月如风，扶贫经历如雨
110　茶是有生命的
116　留给这个世界的最后一份礼物
120　故　事
125　果果岛上，星星遗落人间
129　与一个男人的共同秘密
134　从安化到波密
139　神韵安化

141　辑四　乡思大地满芬芳

142　母亲的挂历
146　茶花与小黄
150　万绿湖的秋雨
153　乡思，有大地的芬芳
155　有故乡，是一件奢侈的事
163　疫情下的春节礼物

167	乡村里，一场热闹平地而起
172	糖泡花开
177	每片叶上都刻着山的名字

辑五 荷耙凫篓度春秋

182	2003 年的天尖黑茶
184	把自己栽进草木之间
186	再回学堂
188	地　铁
190	迟来有心
192	山水有声，花开履痕
195	蝶变，所有的故事
198	荷耙凫篓度春秋
202	水波里荡出《诗经》一样的歌

辑六 痕淡墨浓留清音

206	眷恋与淡忘
212	出发与到达
227	海霞映黎明
234	一个中国船员的乐事
243	比山更高的丰碑
269	冰叶上的纹路

272　捉梦人
278　节气里的歌
280　相知，被声音和目光渗透

辑一　桃之夭夭灼其华

稻草人

我站在稻田里,再也看不见沉甸甸的水稻,它们已经献身于锋利与刚硬,只剩下整齐的稻茬,一行一行,那是镰刀留下的吻痕。我9岁了,还没长高,但还没我高的稻子就已经被镰刀刈割。

鸟儿飞过,它不知道稻子已经割了,只感觉稻田矮下去了,天空变得高远了。

月光的柔和被尖利的稻茬刺伤了,掠在茬顶,再也找不到昔日又软又白的草叶,可以舒适地躺在上面。露水来到田间,没有一片带绒毛的叶子可以把它托起。萤火虫打着灯笼,找不到回家的路。

稻草都去哪儿了?

稻草被装在了板车上,满满的一车稻草,从田间回家。我躺在上面,一车稻草摇晃着田野的树,到后来,连天上的星星、云朵和银河都被一齐摇动。

我在夜里迷了路,我看到了一堆稻草,我向它走去,我知道:

踩着禾茬儿，向着稻草朝前走，就可以一直走到家门口。

稻草都去哪儿了？

稻草长成了稻草人！他们站在田地里，头上戴着一顶旧草帽，身上穿着破旧的衣服。他们有的举着手，有的挥动着竹竿，有的扯起长长的飘带，他们一直忙碌着，干着一件永远也干不完的事情——坚持着对土地永恒的守望。

我说，这些稻草人充满生气，每一根稻草里，还有着农民的汗水和眼泪，埋着夏季的金黄热情和秋天丰收的喜悦，暗含着村落的往事和劳作的热闹，讲述着谷粒的童话和大地的欢乐……

表姐说，那些干枯的稻草，是一根根被抽干了血水的血管，成了季节的标本，昭示着收获之后的落寞。她曾用手摸过，稻叶依旧割手。

那些麻雀，一开始还有点儿害怕，远远地看着稻草人不敢靠前。麻雀渐渐地大起了胆儿，在稻草人的眼皮底下偷吃地里的瓜果。它们其实并不理解稻草人的好心，它们就认定这熟了的庄稼也有自己的一份，放肆地吃起来了，吃饱了，扇一扇翅膀，还跳上稻草人的肩上，叽叽喳喳，取笑一番。或者它们至少应像外婆说的那样，吃点儿就好了，要同情一下稻草人一直举着而不放的手臂，稻草人太辛苦，太疲惫了。

稻草比我矮，但扎成的稻草人却比我高。我有时远远地看着他，他也并没有脱帽向我致意，而是不管天气热不热，不管有没有太阳，不管刮风下雨，都戴着那顶旧草帽，勤勉地看管着田地。

有时我也有一些疑惑，他们的草帽在夜晚也不摘下来，难道怕月亮和星星晒黑了自己？或者，他们在风雨里站得太久了，有时连脑袋都没有了。是不是他们不用相亲，也不用想事情，就不用脑袋了，只要两只袖子在空中晃动就行了？

稻田里，稻子在抽穗、灌浆，稻子一粒粒地饱满起来。稻草人便来到了稻田里。他是稻田里这些稻子的先辈，他从这里离开，又重新回到这里，他守护着它们的生长地，挥动着双手，激情地向它们讲述稻谷种族史诗般的生存努力，把他身上的生命密码传递，一起投向未来。

我们家的地里，有一个稻草人，与别人家地里的稻草人一样，总是穿着一件旧衣服，戴着一顶破草帽，不论白天黑夜风吹日晒，都寂寞地站在田头，守护着我们的庄稼和日子。

后来，在一个风大的日子里，那件旧衣服被风吹走了。母亲翻箱倒柜，终于找出一件旧衣服，给稻草人穿上了。但有一天，外婆和舅舅来到我家的时候，他们看着那个稻草人，不断地流泪。外婆想起了她的四个女儿，因为贫穷养不起，只好把小的三个女儿送出去当了童养媳，只留下大女儿也就是母亲在身边，帮做家务，艰苦度日，相依为命。母亲要出嫁了，仍然贫穷的外婆咬牙为母亲做了一件新嫁衣当作唯一的嫁妆。如今，当年的嫁衣已破旧不堪，穿在稻草人身上，迎风飞舞。外婆和舅舅一定是想起了那往日的艰苦岁月，想起了艰难生活，才潸然泪下。

我放学回家走进院子，阳光有些炽烈，我看见了两个母亲：一个母亲戴着破草帽，穿着旧衣服，举着竹竿，在驱赶着来偷吃晒谷的鸟儿；另一个母亲同样戴着破草帽，穿着旧衣服，举着双手在绑扎豆角架。两个母亲，一个在菜园的东边，一个在菜园的西边。

或许，如果我仔细看，还有更多的母亲，一个在田间插秧，一个在地里锄草；一个穿梭在苗间，一个淹没在蔗行；一个在喂鸡，一个在缝补……我感觉满田野、满菜地、满屋子都是母亲的身影，都是那个戴着破草帽，穿着旧衣服的母亲。我的心里忽然涌起一阵辛酸，我辛勤的母亲啊，她一直在劳苦着！

我流着眼泪，走到稻草人面前深深地鞠躬，心里轻声地问候：辛苦了，母亲！

2022 年 10 月 18 日

洗　面

寒冷是一条庞大而凶猛的长蛇，咬噬了一切，让所有物品都僵硬地蜷缩和静止，表面还残存着的毒液与齿痕，让人不敢触摸。一切都是寒冷的，唯有那一团水汽，在码头上的那个卖洗脸水的摊档里升起，暖湿而轻柔，热热地熨帖我心。

那是我6岁时那个冬天的晨景，那条奔波的路上、那些城市的影，异于村庄，但它们连贯着，一帧帧画面清晰地展现。

那个冬天的早晨，母亲挑着装满东西的箩筐快步走着，我跟在后边，拉着箩绳，几乎是小跑地跟着母亲，走过赣江上的浮桥。一只一只的木船连着，上面铺着木板制成的浮桥，人走一步，那桥板就微微地沉一沉，船头点一点，仿佛是向我们这对远行的母子打着招呼。江上的雾气迷蒙，迎面撞来，脸上湿冷难受。浮桥在远处的雾气里渐渐模糊，对岸古老的赣州宋城墙只成为一片淡墨。

码头上繁忙而又嘈杂，挑担背包的行人、两旁各色的摊档、高低起伏的叫卖声、柴煤燃烧过的呛人气味,都让我新奇。母亲走得有些急,我们必须在9点以前到达才能见到父亲。母亲从洗脸水摊档的那团湿热水汽前匆匆而过,走过十几米后停下,拉着我返回到摊档前。我看见,那个黑黑木条的面盆架上,一个瓷面盆装着些热水,挂钩上攀着一条半新的毛巾。

母亲问:"洗面多少钱?"

"8分钱。"

"两个人也是8分钱吗?"母亲指了指我。

摊主迟疑了一下,还是点头同意了。他拿起地下用细竹篾包壳的热水瓶,倒了半盆滚烫的水,盖上木塞,看了我们一眼,又拎起差不多要放到地下的水瓶,再添了一些水。"洗吧,赶紧趁热洗吧!"

母亲放下箩筐,拿下那条毛巾放入盆中,她伸手试了试水温,有些烫,便快速地用拇指和食指捏住毛巾边提起,在盆上来回晃动几下,再双手抓了毛巾拧起来。她散开毛巾,在中间对折,用手掌掌住,蹲下身便帮我洗起脸来。那热热的毛巾,灼得我有些痛,却无比舒畅。母亲换只手,用毛巾的另一面给我再抹一遍。母亲把毛巾放回面盆,双手在面盆里搓洗起来,脏水散漫出来,一盆干净的洗脸水,变得有些浑浊了。母亲拧干毛巾,自己洗了脸,又放回盆中再搓洗了一次。那盆水已经变黑了。我感觉这一路的风尘,那火车上的黑烟粉尘,还有被急急叫醒还停留在眼角的眼屎,都洗在了这盆热水中,我清醒又精神了许多,母亲也一下子白净、年轻了许多。在父亲离开家之后,母亲哭了很多次,遭受了无数的冷言风语,此刻，即使赶路，她也要花点时间、花点钱，甚至可以说是"奢侈"地在码头洗了面，整理了一下自己的面容与状态再去见父亲。

母亲带着我急匆匆地赶到，在工作人员的帮助下填写探视表格，终于走进了这高墙内。父亲仍是不低头甚至有些不屑，一点没有悔改的样子，也没有看我一眼，但他一定看到了母亲年轻而干净的脸，或许这是他此后五年从不担心家里的原因。

我的记忆在6岁后，随着年龄的增长，越来越清晰。

那一年新年的爆竹响起了，那是父亲第一次不在家里过年。我感觉似乎欠缺了一点什么，那一年的新年更冷。

我开始上学，时而会遭受一些同学对我的嘲笑，而母亲则需要在这五年里面对更可怕的现实：她除了要支撑着这个家，抚养四个儿女，还要承受来自公婆、娘家、生产队与邻居们的指责与讥讽。那些言语在耳边嘈杂一片，嗡嗡作响，像一千根钢针扎到身上，一万只蚂蚁啃咬骨肉。那些目光，那些背后的窃窃私语，让她想遁地，想隐身，可是这个世界太亮了，在众人的视野之下无处躲藏。

母亲有时从外边回来，眼角有泪，或者累得疲惫不堪时，她会在厨房打一面盆水，使劲地洗面，拧了抹，抹了搓，搓了拧……然后站在面盆架前发呆。那个面盆架静静地陪着，懂事地伸出挂钩，像分担家务一样地挂好两条毛巾，一条是母亲的，一条是我们四兄妹的。

那个面盆架再高，那些洗面水再清，也无法洗清母亲与我们兄妹的那些委屈。那些被照见的生活细节，那些黑暗的真实面目，此刻越洗越凸显出它本来的样子。我不知道要如何穿越这内心的地狱而抵达澄明。

终于，父亲要回来了！母亲在面盆架前仔细地洗面，还拿起窗台上的镜子照了照。母亲已经40岁了，但她仿佛洗尽了以往的委屈、失落与耻辱，面容仍然姣好，我忽然觉得她的世界很美好，有种经历了岁月的从容感，一切的解释都是安慰与慈悲。我们安静地等待一个全新的父亲归来。

父亲走进家门的时候，是一个傍晚。在大门口，他的衣裳被西斜的阳光染黄，影子在他前面，长长的。他的影子像一渠水，悠长地伸进了家里。

母亲喊我："你爸爸回来了！打盆水给你爸洗面！"我把装着半盆热水的面盆放到面盆架上时，我看见搭脑的挂钩上有一条新毛巾。母亲以最热情的方式像迎接贵客一样迎接父亲归来。有父亲的新生活开始了！

寒冷曾经是我记忆的温度。不过，幸运的是，母亲坚强地忍受了不公与屈辱，在困境中从不绝望，仍然洗净了蓬头垢面迎接新的生机与希望，铺结了我温暖的心底。

拨开那团水汽，看清了生活的全部真相，也要洗净脸面迎接，相信人生依然值得付出所有的热情与爱。

2022 年 5 月 7 日

土地的秘密

很多年以前,我经常在村子里跑,捉蝶抓虫,赶牛撵狗,毫无目的、自由自在地迷恋地里的瓜果。连绵的田地给我无限的向往,甜瓜藤匍匐在地像绿色的地毯,缀着圆圆的图案;花生苗没脚齐膝,走过时如蹚清溪;高高的甘蔗绿波荡漾,深如海洋。我玩得很开心,但也有一点点担心,怕迷失在这广阔的田地间。

生产队里劳动,热闹非凡却带着我无法理喻的神奇。春天莳田的时候,整片的水田像一面大镜子,倒映着天空的白云。一把把秧苗抛向镜面,镜子没有破碎,反而漾起一圈圈的涟漪。一个从东,一个从西,相背而行,一路退,一路插下秧苗,在退行中写下绿色的诗行。令我惊奇的是,隔得如此之远地背向插秧,竟然可以在两人会合时,一个人插下的一行行秧苗与另一个人的对得如此整齐,没有弯曲,没有倾斜,仿佛是一个人从头到尾莳出来的。田头静谧,只有春风,难道是天空飞过燕子的呢喃之声告诉了他们方向,抑或是脚下田里的流水引导着他们？

村西头沿河而上的沙地，特别适宜点瓜种麻栽薯，这地里种出来的番薯，个大脆甜，而且高产。我有一年饿得实在不行，偷偷地跑到这沙地里，拔起一株番薯苗，连根而起的，是一串七八个拳头大巴掌长的红番薯，同时也露出了一个个小洞，那都是番薯的藏身之地。我发现，这小小的空间，是这一大片沙土的真实面目，肥沃蓬松却湿润，土地的秘密就藏在其中，催动着一年四季五谷杂粮生长，给予乡亲们口粮，延续着这薄弱的生命。

我听到一望无际的田地里，有清晰响亮的声音，是春天里蜜蜂歌唱的声音，是夏季稻田里禾苗拔节的声音，是秋天里甘蔗喝水的声音，是冬天里紫云英绽放的声音。这声音，有时细腻，有时浑厚，有时柔软，有时雄壮，从田野里穿过，顷刻间把大地变得栩栩如生。百花齐放，百鸟鸣唱，乘着风，卷起绿浪，像是要把我带到大海上。

我跪拜在大地上，心中无限的虔诚！

天地间的人，祈求大地保佑。千百年间，他们在天地间奔走，慢慢地积累了独特的生存智慧。阳光灿烂，农民们告诉我，赶快回家躲雨，我在草坝上玩得正高兴，不肯走。果然，一会儿就变天了，乌云滚滚，大雨倾盆而下，把我淋了个透湿。

大地上的农民，他们闻到了空气里土地散发的湿气，听到了大地上植物传来的雨商量着往这边来的话语，他们听到了大雨在地面的脚步声。他们也知道这些豆子是村东头种的，还是村西头产的，甜气完全不一样。

社员们都拥护生产队长的决定，村南边的地里，明年要种水稻，再也不能种花生了。因为我见过，地里的花生开花了也不结果，结果了也不成形，成形了也不含浆，收成几无。

正是大地的仁慈，才会告诉诚心地告诉农民它的秘密，教会他们生存之道，教会他们在天地之间的智慧。

有人却把忠告当耳边风，抛到了九霄云外。

岁月都去了哪儿呢？土地改革的春风很迟才吹进我的乡村，但似乎风劲更猛。1984年，茫茫的大片土地，瞬间被分割得支离破碎，一道道田埂筑了起来，一起被分的，还有大队的所有生产工具与生产资料。在一夜艰难的磋商后，犁耙、锄头、镰刀、打谷机、箩筐等就像一个家里无法再抚养的众多孩子，去到了各家。牛也分散到各户，甚至连鱼塘、茅房都被分掉了。热闹的生产队大队部，就在那一晚之后，安静了。

不安静的，是土地上。没有人给记工分了，每一个分到田的农民都铆足了劲，夜以继日地在自家的田地上耕耘。因为肥沃程度、适宜种植情况不同，我家分到的四块地就在不同的地方。最远处的那一小块地，就在我看到神奇的相背莳田的地方。新卫河的地有六分，夹杂在众多的小块地之间。鸟儿门口的地比较小，但离家近。还有一块地，在一个鱼塘边，一分不到，是最小的一块了。

那一年的春天，和往常一样的春风春雨，不一样的是大片的水田碎成了一块块不规则的小镜片。农民们不再需要相背莳田，一个人就轻易地从一边的田埂莳到了另一边的田埂，飞过的燕子不用告诉他方向，田里的水也静止着，不会流到别家的田里去了。

父母在我们家的土地上耕耘，鱼塘边的地用来下秧苗，再莳到田里，新卫河的地用来种了花生，门口的地种了菜和瓜。周边的土地也种着类似的作物，但几乎没有人种甘蔗了。

大地以惊人的力量回报着勤劳的农民们。真没有想到，我们家那一年大丰收，在分田到户的第一年，谷仓都装满了，实在无法堆放的稻谷，竟然装进了给爷爷奶奶预备着百年之后用的棺材里。花生垒成了垛，年底的油缸都是满满的，家家户户都洋溢着稻谷的芳香和花生油的浓香，家里第一次有了这么多的油和米，村民们脸上的笑容成了一朵朵花。

勤劳，应该就是大地告诉他们的秘密之一吧。

只是那一年，新卫河西边的江西第一制糖厂，因为甘蔗种植的大量减少而产量急剧下降。这个被周边农村包围的小城市，第一次听到了哀叹声，但它湮没在农民们丰收后的喜笑颜开中了。

一年又一年，土地给了农民们一个接一个的丰收。

我站在田野间，听见风吹过，累得气喘吁吁，一高一低的庄稼，让它就像走在崎岖不平的路面，田埂就像一道道门槛，迈得费劲，空气中再也闻不出一种纯净的香味。风儿在空中旋转，向大地抱怨着什么。

村民们需要更多的土地，因为多一分地，就多一分产出。生产队的土地已全部分完，怎么办？贪婪的村民们开始无情地抢夺了！原来长满野草的无人地，被人强行围上，砍掉树、刨了草，种上了庄稼。田埂被从两边越挖越细,河边的草坝上,连绵的草地被强占了,割成一小块一小块,用树间隔着。鱼塘也被填了,堆上土,就成了一块可以种庄稼的地了。

土地的样子被改变了,改变的不仅仅是村民们的生活方式,还有土地上村民的心灵。

那一年,舅舅用他分得的耕牛帮我家耕田,嗨嗨的赶牛声与鞭哨声响在田上。双抢时节,表哥们帮着我家收稻谷,打谷机轰轰地响在地里。第二年的端午节,母亲用田里种的糯米做了很多的粽子,让我挑着送到外婆家去,外婆开心得张大了她没牙的嘴。其实这不是我第一次送粽子,但在我印象中,却好像是第一次一样,送得又多又及时。母亲还特意用米换了面粉,做了糖包子请喜欢甜面食的舅舅来吃。那一年,母亲以土地上的劳动果实弥补了她多年来的遗憾,完整地尽了一回孝。

几年过去了,田与田越来越亲密——田埂被挖得越来越细,之前能过板车的田埂,渐渐长大的我在上边都站不稳了。家里人说,你走不了田埂,还是读书考出去吧。

放水也成了大问题。水沟都被挖塌了,即使没塌,也因为挖薄了而渗水,有的地方甚至完全被堵住了。放水的村民便开始指桑骂槐,一句比一句难听。当他第二天发现,自己昨天放满了田的水,都不知漏到哪儿去了,他骂得更恶毒了。没有人听他的叫骂,只有脚下的土地听见了。

可怜的是队长,没有了大队的土地,就再也不用派工,不用记工分,没有人来开会听他做报告,而自家种下的庄稼长得不好,还时常被其他村民嘲笑,他无言以对。他偶尔回到大队部,那里已是一片荒凉,野草丛生,蜘蛛网吊在空中,完全没有往日的热闹。

母亲说,村里人的心变了。

我想问母亲,除了勤劳,人心也是土地的秘密吗?

生活照旧,但日子却一天天在改变。我终于离开了村庄,不用再走在站不稳的细田埂上,也很少有机会再听到土地上的风声。

后来,村子里进行了土地大调整,我因为户口迁出而被取消了名额,我没有了自己的那份土地。在远方听到这个消息的时候,我感觉到,我与这个村庄从此就失去了联系,再也不能在那里像小时候那样奔跑、捉蝶抓虫、赶牛撵狗了,再也不能静静地听这片土地的声音了!

母亲进城带孙子,大哥大嫂和村子里许多的年轻人一样,来了广州打工,家里的田地没有人耕种,就把它租给了别人。一开始还是由对方负担农业税,但后来人家说,负担农业税就亏本了,农业税就只能我们自己承担了。再后来,国家免除了农业税,人家也不要了,我们家的四块田,都荒芜在那里。

后来有人要在新卫河开养猪场,要租大片的土地,大哥还为此回了一趟老家,签了协议。我家与新卫河相邻的几十块地都被租了出去,田埂也被挖掉了。我听到这个消息,仿佛听到新卫河上空的风在欢笑。但第二年,养猪场的臭气把周围的村民熏得怨声载道,之后养猪场经营不善,废弃了,但我从旁边走过,还有很大的臭味。

江西第一制糖厂早已破产倒闭，留下空旷的生活区。新卫河边，我驻足细听，寂静无声！

我少年时记忆还是很好的，我的乡音仍然标准而流利，与老叔老婶们聊天，还能找到许多的美好回忆。但我在草坝里转了许久，穿过杂树丛生的小道，才找到我小时候在夏天里每天去游泳的那条河，却无论如何也找不到新卫河边我家那块地了。因为那里没有了田埂，谁也无法判断哪一处是自家的地了。

没有了田埂，却并不能挖掉我和村民们的心埂，更无法拆除我们回忆的埂。

现在，村子里的大片土地都荒芜着，田园里没有一个人影，只有留守的老人，种着一角菜地。许多的土地则消失了，建成了一栋栋新楼房。这样的变化，让从广州回到老家的母亲也被迫改变。以往她迎接客人，总是带着自豪与自信，告诉别人经过一口塘、一块田、一棵树，就可以张开臂迎接客人，仿佛只要有土地上的信息，就可以轻松地到达，甚至可以把天地都拢在怀里。她还可以指着老屋前没有围墙、满是菜园与庄稼的土地，说"请看看我的家吧"，仿佛前边的一切都是我们家的。但现在，她经常要派遣她的孙子到马路上接上客人，再带着客人绕过别人家屋前，走过高墙下狭窄的路，绕来绕去才能到家。她知道，如果不领着他们走，他们是找不到我们家的，即使在旁边邻居家，也过不来……

我的母亲，是一切农民的代表，她淳朴、勤劳、本分、好客，她生在土地里，在村子的土地里逃过命，也在村子的土地里讨过活，她一辈子无法离开这里的土地，也懂得土地的恩惠。她也无法知道土地的全部秘密。

我与母亲一样，在这个村子里出生，在这个村子里长大。我离开了这块土地，但我也急于知道这块土地的秘密，是什么让我这辈子牵挂着它。

村子里开始有传言，说土地承包到期了，就要把土地还给国家，于是更多的人对土地失去了信心与远景期望，反正，现在已经不靠在土地种庄稼吃饭了。当第二轮土地承包责任制的消息传来的时候，有些村民的心里踏实了一些。有人想承租更多的土地，实施集约化种地。这或许是一个好消息吧，至少说明这片土地还是吸引人的，是明媚的。

土地承受了村子里的一切生老病死与悲欢离合，一茬茬的庄稼在田地里生长，吸收着营养，长出稻谷、花生，养活了几辈人。它曾经热闹过，又渐渐地荒凉了，留下无数时间的碎片，无数空间的影子。它的秘密，或许应当从我们的生命中去寻找，从我们的历史中去寻找，从我们的梦想中去寻找。

那一朵开在土地上的花，或许就是土地的秘密！

2019年7月21日

一株水稻，在阳光里向大地低下了头

站在稻田里，在一汪浅水中，我看见白天黑夜快速交替，太阳月亮东升西降，我像一株水稻，开始抽穗、扬花、灌浆、饱满，在阳光里向大地低下了头！这使我在九岁以及四十年后，站在稻田边有同样的虔诚！

九岁的我，站在小土坡上，看见坡下的准备插秧的稻田。一块块稻田灌满了水，绵延铺展到远处，像一面安静的大镜子，映出轻快的浮云，我就是那颗榫，与坡一起嵌入了天空之卯。表姐在田埂上叫唤着我，和我并步走进水田里，我们在天空之镜中游戏。

我还不会莳田，只是负责抛秧，将绑成一把把的秧苗抛到莳田人的附近。

一个从东，一个从西，躬腰相背而行，一路退，一路插下秧苗，在退行中写下绿色的诗行。令人惊奇的是，隔得如此之远地背向插秧，竟然可以在两人会合时，一个人插下的一行行秧苗与另一个人的整齐正对着，没有弯曲，没有倾斜，仿佛是一个人从头到尾莳出来的。田头静谧，只有春风，难道是天空飞过燕子的呢喃之声告诉了他们方向，抑或是脚下田里的流水引导着他们？

田间偶尔会爆发出一阵笑声，那是我在细窄的田埂上脚站不稳，一跤摔到水田里，一身泥浆，惹得大人们开怀大笑。

这是村里分田到户开始单干，大人们在春天发出的笑声。母亲和舅舅都说："希望今年能吃饱饭！"他们把一年的希望都寄托在了这一新做法上。

一个个白天黑夜交替，转眼即是稻禾抽穗的关键期，一场禾的诗意即将上演。

那些八仙桌长凳、排骨凳、竹椅都被支好在田埂上，盛了水的脸盆、木盆、水桶搁在凳椅上，像一个个围城的战士把一丘田守护着。最后一丝光亮深入了山后，"嚓"的一声，火柴燃起一点幽蓝的光，盆里的煤油灯亮了，一盏一盏的，从近往远次第亮了。那灯光星星点点，摇摇闪闪，黑魆魆的夜变得暗淡，连襟带袖的禾叶绿得晃眼，水面反射出来的光、禾在田中的倒影，以及暗淡中隐约可见的山岭、村庄、人影，组成了朦胧而奇妙的夜景。这是一块镶了灯光之珠的田，那是一块嵌了玛瑙边的田，微风吹过，灯火微倾，那些珠与玛瑙或者旋转，或者晃动，变幻着光亮。

那许多的飞虫，如看见了召唤，从禾叶上飞起，拍打着翅膀围着灯光飞呀、转呀、扑呀，仿佛它们在参加一场舞会……它们累了，夜也累了，灯里的煤油耗尽了，灯光次第合眼，田地重新投入黑夜的怀抱。

灯光驱走了花斑蚊、飞蛾、瓢虫、打屁虫,在晨曦中,禾苗开始扬花。禾穗从禾叶下面涌上来,高昂着头,笔直挺秀,仿佛用足了劲地伸展,一片乳白色的薄绒,遮盖着碧绿的田野。稻花迎着朝阳,开得像个小银铃,挂在穗上,颤颤巍巍,十分动人。微风过处,似乎还有一股沁人心脾的香气扑鼻而来。我和表姐站在稻田里,双脚淹没在一片浓绿里,她像穿着一条长拖及地的绿裙子。

暑假,黄灿灿的水稻给大地铺上了厚厚的金地毯,每一株水稻都在阳光里向大地低下了头!我恨不得变成一只麻雀,悠闲而美美地饱餐一顿。

正是抢收抢种时节,表姐踩着打谷机,轰鸣的响声传得很远,传上了土坡。我还不会割稻,只能将一把把的水稻递给她,滚筒飞转,稻粒劲射,稻香袭人。

休憩之时,表姐拿着草帽扇风,我捧起竹筒,倒了一碗茶递给她。她当着舅舅与母亲的面,学着外婆的腔调说:"外孙狗,食了打门走!"大人们哈哈大笑。每次我饿了,总往同村几百米外的外婆家跑,她见了,总是心痛爱惜地说:"老崽,唔要饿坏了!"她便会找出点东西来给我吃,又说着"外孙狗,食了打门走"的话,好像要给自己找个理由一样。如今,那丰收的稻谷,再也不会让我饿着了。禾的诗意就是我的不再饥饿。

那片土地上,一季季稻谷绿了黄,黄了又绿,时光疾走,从身边、从穹顶倏忽而过,走出村庄,走出故土。当我再次站在稻田前,看着那茁壮的禾苗，那一场禾的诗意与丰收已经过去了四十年。我静立像一株水稻，回想我的抽穗、扬花、灌浆、饱满的这场生活，我在阳光里向大地低下了头！

2022 年 10 月 17 日

一年新月割稻始

"昼出耘田夜绩麻,村庄儿女各当家。"

我十九岁,在高三年级的农忙假中,从县城中学回到了村庄,跟着母亲昼出耘田。耘田是一项辛苦的劳动,我弯着腰,一路后退,手、脚在稻田里耙过、踩过,手把顽草拔起扔掉,脚把稗草踩入泥中。前一日,日头猛毒,我戴斗笠;后一日,大雨倾盆,我穿蓑衣,栉风沐雨,披星戴月,累得我腰都几乎直不起来。

舅舅在远处他的田间大声地说:"小孩子哪有腰!"表姐哈哈大笑的声音随风传过来。我在他们眼里,仍然是一个小孩。

我站在水田里,突然跳了起来,我看见一只软体的水蛭吸附在我的腿上,鼓胀着身子,它已经吸了我不少血。母亲帮我用力扯,扯开了一头,另一头却又像强力磁铁一样吸附在腿上,终于,两头的吸盘都被扯开了,我在失魂落魄的惊吓中解脱了。而表姐,指着她脚上的一块黑斑:"你看看,它要跌出来了!"一只水蛭已在她脚上膨胀得像个苦胆，渐渐松动，开始自行脱落。她早已习惯有水蛭的稻田。

母亲的眼神有些忧郁，她一直为我担心：我这样瘦弱的身子，将来怎能承受得了农村沉重的生活？

我看着指甲里黑黑的泥，感觉腰都要断了。那些齐着小腿高的水稻，就在我的腰痛与手掌胀裂中一日日地饱满开来。我默想着自己也是一株水稻，开始扬花、灌浆，可当我一睁眼，看到母亲对我的怜爱，就忽然感到，虽然我也如水稻一样努力地挺直腰杆，却依然负担不了那些沉甸甸的希望。

七月底，我在焦急地等待我的高考成绩。墙上，一把、两把、三把……一排镰刀在夏收前的夜晚，迎着皎洁的月光，放出幽幽寒光。田里的水稻，在期待着与镰刀的约会。我还不知自己的命运将是如何，我只能义无反顾地拿起镰刀，走向稻田。

镰刀，是禾苗的终结武器，无论多粗壮的禾苗，都抵挡不了镰刀的锋利，一茬茬地倒在我的握拿中。我又踩了一会儿打谷机，汗水模糊了我的眼镜。在休憩的片刻，舅舅说："你考大学肯定没问题！我还指望你读个博士呢！"舅舅一直对我充满信心。表姐说："考上大学，就不怕没腰了！"舅舅正色道："估计今年是你最后一次帮我割禾，以后就不叫你这个大学生帮工了。"或许，在他心里，我不久将离开这个村庄。

我的心情有些复杂，我不知道母亲和舅舅是否能预测到我将来的命运，我却知道一株稻子的命运。一株稻子，从河姆渡那里，或者更早，它就知道了被收割的命运。它细细的茎秆其实只是一根管子，留不下过多的营养，等到上面抽穗灌浆，等到饱满的颗粒压下来，它们就弯起了腰。弯起的稻秆，是多么适合拦腰抓握，是多么适合收割。镰刀从根处划过，稻子的一生就到了人手上。稻子弯着腰送上它的一生，人去接受，同样弯着腰。一根稻子弯着腰所承受的，也会来到人的腰背上。

但是外婆说："一年新月割稻始。"这样的老话还是刺激着我对未来的憧憬。晒谷场上，我迷恋那一地的谷子，我的双脚踩在那一片黄金地毯上，仿佛它将飞起来，把我载去很远很远的地方。可我越这么想，地毯越是飞不起来。我想是不是在对面拿着耙在翻晒谷子的母亲踩住了地毯——她比我重，她不愿看到我留下的艰难，却也希望我永远在她的身旁——她要留下我，陪她一起翻晒粮食，陪她一起播种和收割。

四十年后，我在优农农场的稻田里，终究成了那个村庄的客，在一株禾苗前，在一把稻穗前，我竟不如一粒谷子。

那一小片稻子，是精选的秧苗，长得特别的壮实，成为稻种。每一粒谷子都携带着本族的遗传密码，重新回到土地上，加入下一轮生长。这样的生长，既连向遥远的过去，也通往未来。一代代稻种，把它们从远古承接下来的基因，和一年年累积下来的对生长环境的记忆与调适传到这里，又通过下一代传下去。

我携带着密码吗？或许我真不如一粒谷子，无法重新回到村庄，回到土地。

没有人卖镰刀了,那些镰刀都挂上了墙,连一次擦亮的机会都没有了。墙上的镰刀似乎也有些倦怠,像一个穿着裯子的老人,在气候宜人的午后,张着断齿木梳般的嘴,打个盹,梦见年轻时在稻田里一展雄姿。

那就看看月亮吧,月亮在我的浊眼里,是一把镰刀悬挂在空中,有稻子与村庄的影子。

2022 年 10 月 17 日

一升米,一双草鞋

双脚在稻田里,我仿佛就是一株水稻,吸取着大地的精华,开始抽穗、扬花、灌浆、饱满,结出的每一粒谷子都记忆着阳光的恩赐,还有一个个日子里母亲的往事。

在我拎着一袋优农农庄的金装丝苗米回到家的时候,母亲急切地用家乡的客家话叙述她与舅舅的对话。

舅舅问:"老妹,我要问你一项事。"

母亲说:"什么事?"

舅舅说:"你老早可曾借过坑婆子一升米?"

母亲说:"唔曾哦。"

舅舅说:"唔曾啊,该项事坑婆子同嬷(妈)讲过。"

母亲说:"冇嘅事,有借过就会还把佢(她)。"

舅舅说:"冇就好,佢两个人都死了,你就当冇该项事。"

母亲对舅舅的询问一直没有忘怀,还去问表姐。表姐说:"姑姐,我奶好像讲过,是华建还在生病时候的事。"母亲说这事既然与我相关,也要问问我。可惜我当时确实太小了,对此事完全没有印象。

母亲年轻时性子急而烈,也最受不得冤屈,按年轻时的脾性,估计她这会儿一定会大喊着要掘起两个埋在地下的人来问了。

但是,年逾花甲的母亲,就像一株水稻一样,历经了旱涝之灾,熬过了病虫害,甚至忍受了农药之毒,顽强地存活下来,饱满的稻穗在阳光里向大地低下了头!她对我说:"就当它有吧。我们还回给她。"这些年,有过几起催我们还款的事情,因为当时没有借据,根本无法确认。对此,母亲都当有借过,无论借了多少,只要别人说个数,我们就还多少。母亲的想法是,当年毕竟多亏别人的帮助,我们渡过难关才有今天。况且,如表姐所述,外婆也讲过此事,善良而诚实的外婆,从未说过谎话,母亲一直想念外婆的。于是,母亲相信是向坑婆子借过米的,自然也要还了。

既然那一升米是救我命的米,那如今由我来还也合乎情理。表姐知道后,哈哈大笑,对母亲说:"姑姐,人死了怎么还啊?"表姐的笑被母亲立刻制止,母亲托表姐找到了坑婆子侄女的地址。

母亲问这金装丝苗米好吃吗?我说我在农庄吃过,挺好吃的。母亲还有点不信,就试着煮了一小煲,果然饭香扑鼻,软糯爽口。

还有一个问题:当时借的是一升米,现在要还多少呢?母亲嘀咕着。

当时的升,其实就是一截竹筒,有大有小,有长有短。坑婆子的升有多大呢?这已无法衡量。

我说:"那就按大点的升吧。"

母亲说:"坑婆子心肠好,是个好人。就当米会生利息吧,多给点。"

母亲对人的判断很朴实,一个好就是她对坑婆子一生的认可。

于是,那一袋米就从广州寄回了老家。

记忆此时回望:在村庄之北,那个叫大岭垴的地方,那儿秋霜之后曾有过稻子,不是生产队的稻子,是野生的稻子。这种稻子,笔直硬挺,叶长穗短,穗中的谷子半青半黄,不知是营养不良,还是与秋天的阳光赌气,冰霜着脸。

粮食不够,母亲与坑婆子就在山垄上寻找,就能发现在坡地,在某些杂草丛中,或者在某段田塍凹处,还有这样的稻子静静地待在那里。或许是一株,或许是几株,虽然都显得瘦弱,灌浆不饱满,但它们仍然像饥饿的我们一样,还在坚韧地生长着。也就是这一株株位于贫瘠山垄的稻子,在漫漫冬季来临时,成了我们宝贵的口粮。

我不知道是母亲先发现这些稻谷,还是坑婆子先发现的,但坑婆子总是同情母亲男人不在家,孩子也多,尽多地让给了母亲。时光已过去三十年,我已经不再忍心掀动母亲这段与坑婆子共拾稻谷的伤心往事。如今,坑婆子也早已长眠在大地,像一株山脊上的稻子,有着对抗秋霜的一生。

过了两天,母亲又问我:"你去了农庄,光有米,没有稻草吗?"

我想了想,确实没见到稻草,但我不想扫她的兴,就回答她:"应该有吧。"

"你能不能要点回来？"

"应该可以吧。你要来做什么？"

"打草鞋！"

"你打草鞋给谁啊？谁还穿草鞋啊！"

"你拿回来就好了。"

"那等等吧，我找时间去拿。"

我虽口里答应着，却并没放心上。

我的思绪往前翻页，在生产队的时候，稻草都归了集体所有，成为珍贵的东西。

难得的一捆稻草，在阳光下铺开，吸收着太阳的热。稻草铺在席下，睡着暖和、耐寒，哪怕夜里做梦，都有稻米的味道。泥坯里和了稻草——它既不怕雨淋，也不怕日晒，砌成的墙也散发着稻花的香气。

我的敷衍没有躲过母亲的跟进，她追问道："你说给我的稻草呢？在哪里？"

"你真用来打草鞋？"

"真的打草鞋。"

"现在哪有人穿草鞋啊？"

"活人不穿，我打给坑婆子穿。"母亲说："坑婆子冇子冇女，老了只有一个侄女照顾她，可怜啊，死的时候连一双草鞋都没有！"

原来，按我们客家风俗，凡人过世，都要随葬一双草鞋的。而对帮过自己大忙的人，被帮的人也得赠送一双草鞋，以示感恩。

一双草鞋，或许是稻草存在的最后价值，也是母亲对那件若有若无的借米之事、对大岭垴寻找野稻子的感戴。

　　我应该去找一捆稻草，或者打一双草鞋，或者让它立于阳光下，那都是仍然有着生命力的稻谷，像所有的稻子一样能够扬一次花，能结一次穗，以坚忍的态度完成一株稻子应有的生命过程与责任，把生命密码投向遥远的未来。

2022 年 10 月 17 日

桃之夭夭灼其华

我的记忆,存在着一片盲区。

老屋前的这棵桃树,我不知道是不是爷爷种的,在我出生之前,它已经长在老屋前,而我也记不得它在哪一年不见了,它是怎么不见的。

但是,每一年的桃花都开得鲜艳,我却是记得非常清楚的。它没有旁边那株李树那么着急,刚过农历新年就开了,而是一点点地从冬天的睡意中复苏,吸着春回大地的生气,露出一丝丝亮色。哦,它是粉红色的,是个女的!对它的判断就这么简单,因为我和我的父辈们,从来没有觉得满树的桃花是一个美景,没有谁会多看它一眼,更没有哪一个乡亲有一丝赏花的意思。我们各忙各的,桃花自顾地寂寞开着,悄悄地长出叶子,桃树把娇艳的红装换成了朴素的绿装。

桃花谢了,我的目光就开始注意起它了,窄窄椭圆又疏疏朗朗的桃叶间，绿豆一样的果实，有的还有一条花蕾尾巴，渐渐地长大起来，长出了细细的毛。虽然样子有些丑，但在我的眼中，它比粉红的桃花更好看，因为在层层叠叠的叶子后边，这一个个的桃子给予我无比的诱惑力和神秘，就像有了一个通往大自然的隐蔽入口，可以看见大地的丰收。

我没有经历它从种下到小树、大树再到最后消失的过程，我成了它生命中的一个过客。这棵桃树，不知是受了什么的引导，树干朝着老屋的外边方向生长，几乎与地面呈 45 度角。听说是爷爷不喜欢树荫遮了屋子的光线而往外压的，但其实它离老屋挺远的。好在只是树干倾斜，其他无异，暗红褐色的树皮，有些呈粗糙的鳞片状，树枝倒是茂密遒劲、宽广平展，结满了桃子。那些毛桃子越来越大，长出了尖尖的顶，从浅绿豆变成了绿蛋卵，渐转白色至橙黄，还有一处绯红。其实只要用手捏一下，软了就是成熟了，而根本不用看桃子是什么颜色。

村子里桃树不多，且少见这么甜软的桃子，即使是只有一颗牙的爷爷也能吃得动、吃得起劲，这让我的童年与别的孩子迥然不同，而多了一种水果，又多了与爷爷一起吃桃的一种甜蜜。

因为桃树是种在院子里，因此就不怕别人偷桃子了，我常常可以在树下吃个饱。摘一个熟透的桃子，在衣服上揩擦几下就迫不及待地咬进嘴里，有时也可以在地上捡到从树上掉下的桃子，甜到心里。随时兴起就可以去摘个桃子，这或许是我此后再也难以体会的惬意。

爷爷说，这应该是天上的仙桃吧，神仙吃了蟠桃，就与天地同寿，与日月同庚，可霞举飞升，能长生不老。我宁愿相信，夸父追日时他扔出的木杖，变成的不是一片桃林，而只是我家的这一棵桃树，要不我家的这棵桃树怎么这么甜，还有着斜斜地插入大地的姿态呢？大概最原始的姿态，才是最原始的味道吧。

桃树也曾给我留下苦涩的回忆。那时我犯了错，具体为何，如今已记不清了，被反绑了双手吊在树下，爷爷折下桃枝狠狠地抽打我，一条条的血痕在身上出现。母亲为此不惜冒犯爷爷，要把我抢救下来。爷爷后来说，就是因为他把我吊在桃树上并用桃枝打了我，我才顺顺利利无病无痛的。我应该感谢他用严厉与残忍，带给我吉利祥瑞了！

我的记忆有些盲区，我不记得那一年的桃树是否还繁花似锦、硕果累累，爷爷去世了。第二年的春天，桃树强忍着悲伤，用满树鲜艳的桃花纪念着他的离去，把悲伤结成苦涩的果，然后自己悄悄地离去了。那一年的桃子，无法入嘴。

老屋前的桃树根被刨平了，连同旁边的李树，换上了茶花。在新年正月，还没到春暖之时，便红红火火地开了一树，散发着甜味，大家都清晰地记得这是当年桃子的香甜！

2019 年 7 月 17 日

走在路上

母亲说我从小体弱,走路不稳,我记不清我是怎么学会走路的,却觉得似乎如此。母亲常牵着我的手,携着我回家。小伙伴们在村子里七弯八拐的小路上、旧屋间奔跑的时候,我总是有些慢悠。

四十年后,我走在进村的路上,母亲总是在最靠近村口的树下,或是在最靠近村口的那一家里,似乎都是无意间碰到我走进村来。我知道,母亲已经等我很久了。走在村里,我有了人到中年的稳当,村子里却没有了那些旧屋,孩子们依旧东奔西跑,并不认识这个曾经也如他们一样奔跑在村里的人。

一样的路,曾经的人,只是时光过去,走着走着,母亲已经老了,我也满头白发了。那些少年时的奔跑,似院子里那一枝四季桂,积聚于儿时心灵的芬芳,仍能在中年时偶尔散发缕缕的余香。

春天插秧,夏天收稻,秋天担草,冬天翻土,走在田间的小路上,我常常会有些摇晃,有时甚至会一脚踩到水田里,沾了一身的泥水。因此，舅舅跟母亲说，我还是好好读书，到城市里去生活吧。

是的，真如他老人家说的，我离开了农村，多年在城市里混迹。我发现，城市虽大，我却极少走路。我惊讶于城市的建设者们，可以让路开到地下，让地铁这般庞然大物在黑暗中也能快速地穿梭。我偶尔会像缺氧一样，在地铁中缺少阳光而有一瞬间的眩晕。

但是我没有想到，人生兜兜转转，我来到了国家级贫困县湖南安化扶贫，在两年的时间里，我走过了近200个村子，双脚踏上过全县23个乡镇的土地。我走在崎岖的山间小道上，脚板时而顶着坎坷，时而陷入泥淖，小石子会蹦进鞋子里，荆棘会拉扯裤腿。我们在这里造桥修路，投资虽小，但感恩的安化人民都给这些路桥冠上公司名。当我走在这些崭新的路上，我能深深地感受到山里阳光的明亮和气息的清新。

我常常想，双脚走过的路，是我丈量过的安化秀美的一寸寸土地，双脚如笔，画出人生圆满的轨迹，它丈量的不只是县城到乡村的距离，更是公仆们与村民、贫困户之间的距离，是执政者与民心的距离。

陈晓静有一个女孩子的名字，也确实长得有些女孩子的秀气，他的忧郁气质，特别容易让女人有一种怜悯他而把他拥入怀中的冲动。我称他为师弟，我们却既非校友，也非同专业，只是当时就这么随意叫了。他走了一条与众不同的路，在35岁时，他与妻、子不辞而别，参加了　家公益组织的支教活动，去到边远山区任教。他发信息给我，说在那里很开心，走在家访的路上，仿佛走在老家熟悉的路上。他在那里认识了一位一起支教的女教师，他们常常在放学后走在学校后边的那条小路上，他觉得他们就像这条小路一样，通向自然，通向对方的心灵。

当我想要去看望他时，却意外得知他在一次山体滑坡中，被埋在了碎石泥浆中。那位女教师写了很多诗，挂在他们经常走过的那条小路旁的树上。那一行行血染的诗句，倘若化成了雪山下的溪水，便也会滋润这荒山野地，开出小红花，绚烂了这伤痕斑驳的异乡小路。

我们的一生是走路来完成的，少时奔跑过的路，老来可曾有力气重蹈？乡村走过的路，可曾在城市里找到相似的行径？年轻时的理想国，可曾找到实现的路途？我们怀着乡愁，走在母亲盼归的路上；我们怀念故土，离开城市走在近乡的路上；我们怀着理想，抛弃一切走在他乡的路上。

我们正在走的，是荒郊小路还是康庄大道，是穷途末路还是峰回路转……我们登临泰山之巅，一览众山小；我们下履不测之渊，仰望苍穹。在这高低之间，我们会发现，我们正走的路，就是通向广阔世界的最小支脉，是我们生命的诗意延伸。

我们每个人，走在不同的路上，会见到不同的草木，不同的花朵，高大的矮小的，绚丽的素淡的，浓香的无味的。这一切，便是人间的我们走着的自己的路。在这条路上，我们不能停息，必须一路往前。

或者在这里，我们的路交会了，相伴着走一程；又或者在那里，我们的路分岔了，只留一片怀念。在四季的往复中，在四方的交错中，我们参与了对方的生命，渗入了彼此的感情，或者永恒地得到精神的慰藉，或者短暂地得到生命的启迪。

  无论怎样，走在路上，片刻的回想与沉思，这生命中敏锐的瞬间，都如生命的花朵一样，面对着天空盛情地开放，又如青春年少的岁月，在内心吟诵一行行绝美的诗。

2019 年 5 月 16 日

辑二　天涯何处有药香

心的方向

一

此刻,在明亮蔚蓝的天空下,我站在山坡上,阳光像瀑布一样坠落。清明后,一片片茶叶恣肆浓郁着,枝干中的汁液在汩汩地流淌,我像站在远航的船头,在绿浪中起伏颠簸。目光所及,远山含黛,近树葳蕤,溪水清净,山中充满了生命活力,仿佛一幅质感柔滑而饱满的剪影。

这里是高马二溪村的茶园,位于湖南省安化县,是我扶贫工作的地方。这个村号称中国黑茶第一村。

我是经过一个多小时的车程,又走了半小时的山路才到达茶园的。或许,这一片景象契合了我几十年来关于家乡与自然的全部记忆,我心底涌起一阵通透的爽快感。

眼前的这些绿叶,让我想起十多天前与我同日到达扶贫县的孙正阳。他从大连出发,去到邻县沅陵参加扶贫工作,但我们分属不同的地级市。

　　他打电话告诉我，沅陵的借母溪，油菜花开得正旺，漫山遍野黄灿灿的，不久就可以吃上油菜花蜂蜜，有一股清香。很快，我就联系上了早我们一些时日到达云南的永德、西藏的洛隆和类乌齐等贫困县的扶贫干部，我探听着那里的春天有什么样的植物，是一幅怎样的春景图。

　　眼前的这些植物让我的思绪飞跃，虽然我们相距 2000 公里，但我的想象跨越千山万水，消弭了阻隔。"一刹那者为一念"，在意念起动之间，我已飞越天涯，他们就在我眼前。

二

　　远方，是对一个少年无比的诱惑！我曾经看着村中的马路，一直伸向远方。它究竟通往哪里呢？远方，一定有众多的美景与魅力，蕴含着丰沛的诗意，才会有"诗和远方"的并列。远方就和诗一样吸引人。

　　当我第一次进入安化境内，我为资江两岸的美丽画廊而惊叹。蓝蓝天空，郁郁苍山，悠悠江水，红瓦白墙，金黄菜花，这不正是我心目中的远方吗，不正是我梦想的地方吗？这土地这乡村，这河流这植物，让我有一种莫名的激动，虽是初次踏足，却分明有一种旧地重游的感觉。

　　很快，一首安化民歌《板栗开花一条线》响彻了我的心底：

> 板栗开花哟，一条线（啰呵啰呵呵），
> 去年想你到今年（啰呵呵）。
> 去年想你，犹啊自可啊，
> 今年想你，没种田罗（啰呵啰呵呵），
> 耽搁阳春大半年（啰呵呵）。

浓重的安化乡音有点让外地人听不懂，我便和政协的罗艳群老师琢磨着，把它改成了仍是安化乡音却靠近普通话的歌词，成为朗朗上口又易懂的欢迎歌，在那一年的高马二溪开园节上，献给来自四面八方的茶人。

> 昨夜我家灯花开啰（哟嚯哟嚯），
> 晓得今朝有客来（哟嚯嚯），
> 没有什么好招待，
> 敬一杯黑茶当茅台啰（哟嚯哟嚯），
> 欢迎你到安化来（哟嚯嚯）。

高亢悠扬的曲调，在茶园里回荡，一遍遍地闪现，震撼云霄。我把我的向往变作了真实，陌生成了熟悉，我准备唱着这首歌欢迎沅陵、永德、洛隆和类乌齐的同事们。

然而，向往会延伸，会扩展，远方永远存在，远方在远方之外，在东西南北的各个方向，在目光尽头的地平线。心中想念的每一处，都是一个起点,歌声陪伴你出发,把信念坚持着开成一朵花,把脚步勇敢地印在大地上,一路向前。

三

扶贫工作永远没有想象的美好,风景如画的山水蒙上贫穷的阴影,就像一道锐利的光,会灼伤双眼。无论我到哪一个乡镇,选取其中的一个村,眼前的贫穷会一幕幕翩然闪现。

11月1日,我到安化县马路口镇青云村走访贫困户。

我远远地看见黄家的旧木屋,倾斜得感觉它随时都会倒塌,没有挡板的二楼空空如也,黑色的木椽裸露在蓝色的天空下,以我农村生活的经历,直接便能判断这真是一个贫困户。黄家有三兄弟,我先进去的是老大的阴暗屋子,这只是一间不足十平方的小屋,放着一张床。他提着裤头下床来迎接我。他已近六十岁,明昂要高我一截,脸黑瘦,胡子拉碴。但我一眼便看见他如鼓一样圆滚滚的肚子,已无法系皮带。他提着裤头,伸出瘦骨嶙峋的手,却无法与我相握。他得的是癌症,查出来有一年了。他曾是这个家庭的顶梁柱,他无法工作后,这个家庭的经济一下子就坍塌了,成了今年新进的贫困户。

我正与黄老大说话,在相连着的小破房里的老二看见了我和村干部,就立即靠了过来,右手做成一把手枪,指着我和村干部,喉咙里冲出"哦、啊"的叫声,脸上是天真灿烂的傻笑。这个不知世事艰难的可怜人,他的笑直让我心揪得痛。他没有娶妻生子,总是快乐地游荡在村子里，常钻进村里那个只剩下门楣的老宅，随处窝身，并不知道这世界有着贫困。

老三的眼睛一直呆呆地看着我们，眼珠没有转动过。他体弱多病，没有说一句话。我不知道是不是因为家庭的贫困，折磨得他失去了对这个世界的兴趣，才变得沉默寡言。老三没有生育，老大的小儿子便过继给了他。在屋前，一个佝偻着身子的老妇，不知是老大还是老三的媳妇，痉挛的左手按着一个锅，右手一圈一圈费力地刷着。

这就是黄家一家人，三个贫困户，挤住在窄小破旧的木屋里，等待着救助！我的心情极度压抑，像哽住了口鼻，就要窒息！

贫穷，在这里是一种随处可见、易灼伤心灵的强光。

四

不久，我随队去到沅陵，经过两县交界的湖南坡——行走茶马古道的外地人认为这是湖南最险峻的山坡，便以省名湖南来指代它。车在狭窄的山路中就难以会车避让了，有几次我不得不下车，指挥着司机倒车到一处稍宽处，让行后才能前行。

沅陵的扶贫模式与安化不同，它是集中帮扶一个村——借母溪村。走在借母溪的山径中，人都要醉氧而倒。但当我们走进军大坪九校时，你会为那些孩子们充满了渴望的清澈眼眸而激动，也会为他们的贫穷而心痛。

秦松、莫韦嶙、兰岳讲述永德的故事，徐步、张登波、余贵兵讲述洛隆和类乌齐的故事,我们终于比较出五个县的面积大小。洛隆县8108平方公里,面积最大,其次是类乌齐县6147平方公里,沅陵和安化再次,分别为湖南省第一、第三大的县,永德县最小,也有3200多平方公里。这些县域面积,无疑比大多数的县、区要大得多,但这些县有着共同的名字——贫困县。

有时候从外地出差回来,一到安化地域,同事会跟我开玩笑说:"蔡县,回到你的地盘了!"其实我根本笑不起来,因为无论从哪一条路进入安化境内,都是跨越山峰隘口,眼见着贫穷,总让人心情不好。只有S308省道,资江旁的入口,那"神韵安化"的牌坊,见证一路的美丽与希望,才让人舒畅一些。

有时候,借助几个县的交流资料和图片,我也会把目光投向远方。我看得见它们的宽广、辽阔、苍远,看得见资江、沅江、怒江、澜沧江的波澜壮阔和浩瀚壮丽,看得见湖边飘扬的经幡和漫山遍野的青稞,还有许多梦想着要去看的风景,只是想象,也有一种因为美丽而对贫穷的慰藉。

这些已经去过或将去到的地方,被大自然赋予了各自的美质,千变万化而又繁复多姿,但对于我来说,它们其实是一致的:被贫穷刺得生疼的震颤!一种美,只有与它同在的人民富裕文明了,才真正让人感动,并在感动中令人升起梦想。

我们从四面八方奔赴而来,在这乡村的土地上奋斗!纵使贫穷是一棵扎根在乡村的树,而又有什么能够阻拦我们将它连根拔起的决心?

五

如果说震撼、忧伤是心去往的某个方向,那感动则是它的另一个方向!让我记述一次这样的感动,因为它使我终生难忘!

2017年8月,我在走访一个乡村时,走进了一栋老木屋。房间低矮黑暗,木板的间隙漏出一线光,照见一条乌黑的长竿下的吊锅子,还有吊锅下几块砖围住的一堆泛白的灰烬。

老奶奶的话,我并不能完全听懂,但我能从她老泪纵横的悲伤中估摸出这个家庭遭遇的不幸。旁边那个可怜的男娃,从小就失去了父亲,他的母亲外出打工后就没了音讯,也没有寄抚养费回家。虽然他因为教育政策而免除了学费,但生活的费用仍然让奶奶无法供他上学。但她知道,这娃儿聪明、好学,不应该让他辍学,她希望尽自己所能让他读书。我看着那男娃安静地坐在旁边,时不时地偷看我一眼,那黑白分明的眼眸透着一股纯洁与光亮。

我起身要离开时,她使劲地拽着我的手,不肯松开,说着一定要我帮她的话。即使同行的其他人也劝阻她、安慰她,她仍要跪倒在地,被我拉住了。无论怎样,我也受不住一位老人的深情一跪!我答应她想办法帮忙。

五十多岁的老许是我在某个微信群加的好友,他从我的朋友圈看到了求援信息,愿意资助男娃的学业,并承诺每个学期开学时给资助款。第一学期,他托我把款转给了男娃,第二学期则是在开学后一个多月才转过来。

第三个学期,我路过老许所在的城市,天气很冷,但我还是去找他了。老许的家让我感到意外，我以为他毫不犹豫地资助男娃，家庭条件应是相当好的，但完全不是我想象的样子。那是一栋平房，只有40多平方米，家里的摆设也很简陋。我和老许聊得最多的，是他资助的那个男娃，因为这娃是我们的交往与话题纽带。

我离开老许家，去坐公交车回酒店，路上的雪有些融化，泥泞的路面颇滑。我站在车站，看着寒夜里雪的光芒映着寂寞的路灯，一股冷意袭人。一个熟悉的身影跌跌撞撞地向我走来，原来是老许赶了过来。他从怀里拿出一沓钱，说是给他资助的男娃。那是一沓厚厚的纸币，有百元到一元的各种面额的钞票。他说今年特别冷，山上更冷，给些钱让孩子买棉衣棉裤穿。我看着他气喘吁吁的样子，可能因为急着赶过来，衣服还单薄的样子，真为他的细心而感动。

我离开安化的时候，是2019年的4月，新的学期开学2个多月了，老许赶在我离开前把这学期的资助款转给了男娃。回到广州，生活改变了节奏，我也就在每日的兜转中前行。6月，老许发了条信息给我，说有些可惜，男娃放弃了读高中的机会，外出打工去了。男娃是个感恩的人，但他不需要感恩。我为男娃感到遗憾，但也为他完成阶段性的学业、资助之事画上句号而放下心！

令我没有想到，8月我接到了男娃的电话，向我要老许的住址，他要登门向老许表示感谢，感谢他的资助才令他完成了初中学业。我把当时老许留给我的地址转给了他。不久，男娃告诉我，那个地址上的平房已经拆迁了，没有谁知道有一个叫老许的人。男娃请我帮忙找到老许。我打老许电话，已是空号，我发他微信把男娃寻他道谢之事说了，他没有回复我。他也从我当时组建的"精准教育扶贫"群里退出了。过了两天，他回了我一条微信，说不必了。此后，他再也没有回复过我的信息，我与他等于断了联系。

10月，一个我与老许的共同朋友告诉我，老许的家庭这两年发生了重大变故，他病了一场，平时就靠打些零工活自己与家人，最后再次患病而把房子也卖掉了，搬走了，也从此失去联络。我听着他跟我说的这些事，那一个个时间点，正是他逐渐身陷困境，但仍坚持资助男娃的时间，而他在完成了资助后，就主动断绝了男娃报恩的可能性。

我为这个老男人而落泪，我不因自己这样而难为情，因为眼泪就是一种验证，是我和他都尚有丰盈饱满的情感的体现。此时此刻，它在强烈地证明着一颗灵魂的大美！

只要倾心相与，你就能听到许多如大自然一样纯朴的心跳声，感受到丰富的色彩与感情，它们的连接便是一片大地，这是一个巨大的整体，它在中国！

六

我久久凝视中国的版图，它除了从东到西的绿色到褐色，海拔高度的递增，还暗合着贫困度的递增。

从我所在的安化出发，往东南西北的各个方向，罗霄山片区、滇桂黔石漠化片区、滇西边境片区、乌蒙山片区、武陵山片区、大别山片区、秦巴片区、六盘山片区、吕梁山片区、燕山—太行山片区、大兴安岭南麓片区，区带连片的贫困地区占据着广袤大地，其中我的老家南康县也在贫困片区里。

若你亲近过贫困，一种情感会在心中诞生与积聚，那是一种从身体到心灵的痛苦，一种血肉与共、休戚相关的情感，有着砭骨入髓一般的尖锐与确凿。

无论在哪里，都有凝聚着共同情感的一草一木、一峰一壑，还有流淌着相同血脉的一村一庄、一人一民，我们在他们的苦难里看到了自己曾经的身影、曾经的岁月，感受到受难的人中也有自己。

因为家园所在，便与这片土地相依相恋；无数的家园相连，家园同构，便沉淀了对它深厚的感情根基。这片辽阔的土地上，到处都有明媚的阳光！祖国与我，越来越紧密，这是一种幸福！

七

当我告别安化的时候，有些许不舍，有很多留恋，我没有想到，那首我改编过的《板栗开花一条线》成了朋友们为我送行的歌曲。罗艳群老师和文联的许多同事们都在场。

昨夜我家灯花开啰（哟嚯哟嚯），
晓得今朝有客来（哟嚯嚯），
没有什么好招待，
敬 杯黑茶当茅台啰（哟嚯哟嚯），
欢迎常回安化来（哟嚯嚯）。

接任者已经来到，又有许多名字加入了扶贫干部的名单，而这样的名字或许会有更多。他们只是平凡人海中的一张张普通的脸，和我一样，或许从未被提起，或者很快被遗忘，但只要一想到他们，我的眼前就会出现一片温暖和光亮。

八

面对这样一群人，我不止一次地想把他们的名字刻下，把他们的面容记下，如果在人民从贫困走向富裕的过程中，对他们忽视，实在是一种对民族精神的背叛！

我们脚步的方向，就是目光的方向，就是心的方向，无论喜悦、悲伤、感动和震撼，它们指向的，就是一种默默奉献与帮扶的精神。心的方向，朝着四面八方，无穷无尽。

2020 年 1 月 11 日

大地上的节气

季节无声的音符，
让万物柔软，贴近大地，
潜行到更远的深处，
开始人世间一切的秘密。

节气，令人敬畏地把时间分割成片段，存在我们的记忆里。

立春的时候，大地一片沉寂，只有风声呼啸。冬天的严肃，让春节也无法恣意快乐。雨水时分，略带湿润的风吹来，蝼蛄始振，院子里的花草开始摇曳，田野里有了柔和的响声。鸭子排成一列长队，摇晃着穿过草坝，往河里去。

清明，我见到了父亲，我的内心一片哀伤。其实那天算是春和景明，阳光比以往更明亮，但他把我叫进他的小屋，有气无力地交代我一些事的时候，我看见他的眼光散乱，已经没有以往的光彩了。

我问他身体怎样了,他说近来精神不好,老感觉累,"前几天淋了雨,感冒导致的吧"。我感觉应该是了,他从来都习惯不打伞外出的。估计他的饮食无规律则是另外一个原因。

我跟他说年纪大了,要注意身体。他却又开始兜售他的理论:"人就跟树上的鸟一样,飞走了就不见了。这个节气,也许下一个节气,最终成为别人口中美食,或者死了跌落地上,最终都入土的。"

我忍不住插话:"鸟也喜欢这世界,要活久一点啊!多过几个节气啊!"是的,在我的想象里,这世界要是没有了鸟,就缺少了一种声音,一种动静,一种美丽,那该是多么可怕啊。

他并没有看我,只是脸上露出一点笑:"鸟跟节气不一样,鸟没了,时间还在,节气就是时间永恒的存在形式。"这就是父亲的不近人情,他很少能和我们进行正常的俗世对话,我早已习惯。

休完假离开家时,我跟母亲说,父亲身体不太好,或许不久我还要再回来为他办事。

此后,我每日在城市里穿行,不敢问家中的情况,似乎在等待,又怕出现某个消息。但我时常想起六七岁时,坐在屋前,看着雨水从屋檐如线坠落,水沟里的枇杷叶像只小船,随水流走。

夏至的时候,父亲精神抖擞地在门口迎接我的归来。他容光焕发,说话声音响亮。我悄悄地问母亲,父亲这段时间怎么过来的。原来是二哥停了生意,休假在家,他的厨艺是几兄妹中最好的,他每天按时做饭炒菜,有规律地给父亲进食煲汤,渐渐调理好了父亲的身体。我一直感觉对我无关紧要的二哥,这一刻成了最重要的人,似乎把我从愧疚中拯救出来了。

小暑大暑，天气炎热，阳光耀眼。黄昏，晚霞很美，暑气渐渐地散去，我们坐在院子里聊天。这些年，我一直有一个心结，那就是没有给父母安排身后之地。村里的一些老人，虽年纪不老，但都在山上建了墓茔或者买了公墓。我试着跟父亲探讨这个问题。

他说："我们院子这么大，我原来想在院子西南角建个亭子，存放骨灰，将来你们也可以放回来的。但你侄子兀飞他们害怕，就不要建了。我死了烧了灰，埋地里、丢河里都可以。"

我反问他："不埋到祖坟山上，跟其他先人在一起？"在我的心里，祖坟在的山地里，是另外一个村庄，是先人们再次重聚的村庄。

我看不清他的脸，不知他是一种蔑视还是一种不屑："一年二十四节气，我有我的过法，不跟他们一起。"这是我早有预料的答案，我知道他特立独行的性格，一定会这样回答。更重要的是，这样的性格从小就影响着我，我也潜意识中认同这样的想法、做法。

每一个节气，都是时光在大地上无声潜行的足音，生是如此寂寞，死去更加孤独。死是对大地的献祭，不必拘居于一处，而是随着节气，趁着自然的风声花香，四处行走，看高山崇峻，看长河落日，岂不逍遥哉！我在立秋时分，走过山头，日影疲累，背阴一阵凉意，我的心中有一种莫名的秋悲。

冬至拜祭祖先，是我家的惯例。一早，我穿过齐腰高的茅草丛，走过崎岖的山路，跨过纵深的沟壑，山间一片宁静。我的目光向远处延伸，村庄、树木、河流、房屋，都安静地依偎在大地的胸膛上。

风吹过,像在与我私语,那是每个人,还有万物的来处,也是每个人与万物的归处。

午后,暖意融融,在老厨房门前,父亲坐在高高的藤椅上,双眼微合,阳光爬满了他一身。几只麻雀在枇杷树上跳跃,叫得欢快。我端了一盅米酒,坐在父亲膝前。我并不想跟他说话,因为我知道我们的对话从来都简洁、无趣,我只是想看着他而已。

阳光洒在我的盅里,酒浆淡红,酒香温甜。母亲为迎接我的春节回归,每年都会酿一缸米酒。她说今年在广州我那儿住了两个月,很幸运、很有福气,所以今年的米酒是红色的。此刻,我觉得大地也是温情的,像血液一样在阳光下亮着红色,连通着我们的心。

腊肠、腊肉在院子里晒出了油,像冒汗一样往下滴,只有它,像是节气的宣布者,提醒着我们小寒大寒的到来。穿够了厚衣,我们在阳光温暖时晒晒身子出汗,养足了身子等待又一个立春。

酒与肉,就是一种古老的仪式,是节气的伴奏。当万物由盛转衰,又开始重生时,我就带着对故乡的怀想,还有对父母的牵挂,重新走上四季轮回的路途。

一年的时光被撕裂了,
四季的碎片纷飞,
像李花一样旋转飘落,
完成献祭的回归。

2021 年 1 月 30 日

盒 子

一

我们生活在盒子里，在一些长方体或者不规则体的水泥盒子里。

当我俯视着土地上连片的水泥盒子，感觉我平时就像一只鸟儿，在搭建好的盒子里爬进爬出，早出晚归。这一堆堆的盒子构成的小区又分成各个小苑，苑里边的每个小盒用数字或者字母排列，我居住的某层G单元，就是某个树杈上的巢。在城市里，虽然没有任我翱翔的整片树林，但我也得在树上垒一个窝，为自己安排栖身之所，安放我那忙碌而疲惫的躯体，停顿沉静我那飘浮未定的灵魂。

我在这个盒子里已经蜗居许久了，直至某一天，地上的瓷砖蹦跳起来，我用脚把薄薄的水泥层蹭掉，隔着稀疏的细钢筋，我看到底下有一个黑洞，一米多长的棍子仍探不到底。开发商说框架结构的房子，地基下是有空间的。这样的意外，让我知道了我即使住在一楼，也并不是与大地贴着的，我仍悬在空中。

我被抛离了大地,在空中晾着,我相信这是上苍之手,把我这个活物收纳在盒子里,就像我把自己的老照片锁在一个抽屉里一样。

我是什么时候被收纳进盒子里的?肯定不是我生活在村子里的时候。那些土墙屋瓦,那些窗棂烟囱,把老房子分隔得支离而不规整,漏风漏雨,有时还飘进来几朵雪花,檐下泥墙被麻雕子凿出一个个圆洞,洞口还露出几根稻草。我是多羡慕它们能把窝安得这么高,从洞里钻出来,在洞口叫几声,偶尔看我一眼,就从我的头顶掠过,飞向远方。

我也希望我有一对翅膀,可以飞翔,但我至今都只能行走在一堆堆的盒子之间,穿过阳光和这些盒子堆投下的阴影,我看见自己像一只蚂蚁爬过。我在六七岁时,也常看着一群蚂蚁从墙角的洞里爬出来,七手八脚地从树下拖回一只被我踩死的虫。我有时会在它们行进的路上倒上一抔土或者一瓢水,让它们体验一下跋山涉水。有时看得厌了,干脆往蚂蚁的窝口灌水或者堵上,让它们无家可归。

我有时会想,那些蚂蚁有没有恨过我,在它们转世成神后,也让我受苦受难呢?

二

村子里传说,离村不远的江西第一制糖厂里那根几十米高的大烟囱内锁着一条蛇精,有十几米长,身子比人的腰还粗,非常凶恶,是我们江西的神——许真君把它镇在烟囱里,不让它出来作怪。我也听说,现在我所居住的小区,原来是一片水塘,也曾经有一条蛟龙被镇在水里。

但是，现在，连这样的传说也销声匿迹了，无论是在烟囱里的蛇，还是水塘里的龙。

开发商用一个全国通用的图纸布局小区，工人们用同样标号的水泥、钢筋建起框架，安装上同样规格的门窗。无论你在国内哪个城市看到这个开发商的小区，都是一样的布局，一样的外立面，甚至一样的名称。

开发商在填平水塘用水泥硬化地面的同时，也把这土地上的传说封没了，没有谁会想起这片土地上的谚语、故事和信仰，村民们的情感与精神都砌在了水泥地基之下，被无数的人走过、踩过。

曾经在这片土地上耕耘的农民们，不再是它的主人。他们不是业主，没有出入卡而被拒之门外。他们早已迁走，不知去向。而那些操着天南地北方言的业主们，成为邻居，住进了一个个盒子。

这片土地上曾经茂盛的香蕉树、龙眼树、番石榴树已经被千篇一律的杧果景观树替代，移植来的草木被剪得整整齐齐，充满了现代的时髦气息，那些衣衫不整的野草早已被清除。停满了汽车的小区路上，宠物狗牵着主人急匆匆地从盒子里出来，在墙角拉了坨狗屎，然后舒畅地离去，到小广场与其他宠物狗调情。主人的手中，抓着报纸包着的一坨狗屎。

盒子里的塑料袋、旧家具、扑克牌、纸巾、口罩等现代物品，都还未被时光淘洗过，就被喜新厌旧的主人无情地抛弃，一件件地被扔出来。可是，盒子里的东西仍然越来越多，长期不用的杂物霸占着空间。这昂贵的盒子,难道是用来堆放闲置杂物的吗?

三

高大的楼房,在白天像个巨人,有棱有角,让我仰望。

仰望后目之所及的,还有一条条的横幅:"坚决捍卫业主权利,誓与奸商抗争到底""凝心聚力捍卫家园,还我车位议价权"……三期新开发的小苑,在我的目光中成长,在一片锣鼓喧天的喜庆中交楼,然而,业主与开发商因为车位的问题很快闹得不可开交。业主在一个个盒子前挂出了横幅,开发商虽然在当天深夜就剪断了几条横幅,却无法冲入已入住的住户家拆除横幅。早晨,双方开始对峙,都报了警,赶来的警察把人群分开,警告着双方不许有过激行为。

我并不了解事情的缘由,但那几条仍然高高悬挂的横幅,分明让人意识到,这盒子里,除了有蚂蚁一样的人,还有一种让人相形见绌、自感渺小的伟大思想、崇高权利!

这盒子,曾经是他们合作的对象,此刻,成了业主自我保护的防空洞,除了抵挡了酷热的阳光,还抵挡了侵犯权利的剪刀。

夜晚,人群散去,一切恢复了暂时的平静,房子在黑暗中像个怪兽,面目狰狞,灯光昭示了它的存在。那些盒子里散发出光线,驱赶了黑暗,留下阳台上的一个人影,像一出出默剧在上演。盒子里的每个人都是主角,都要按照写好的剧本演出,又不断地发生意外的变化。

我在这些盒形积木间行走,走过一个个单元梯口,恍惚间不知哪个是我的入口。那些冰冷的阿拉伯数字,区分着这些楼的身份。但我想,极有可能我随意地走进某一个盒子,都会遇见另一个我——一个与我极为相似的人。

我和许多的人一样,在这个盒子里,既心有安慰,又身心疲惫,似乎有心满意足的惬意,又有心烦意乱的焦躁。

四

我左顾右盼,生怕有人尾随,我悄悄地潜入自己的盒子里。此刻,我的心情就像回到巢窝的鸟儿,雀跃欢腾地叽喳叫几声。我可以在外面不动声色,但退回到巢里,我可以在这个树杈上沉思、幻想,可以欢喜、放松。

窗外,仲秋之后的草木仍是一片葱茏,莲雾、大树菠萝、黄皮树的绿,似乎要从窗口渗透进来。这是一个独立、自足的世界,我栖息在这个小小的空间里,像挖矿一样挖掘自己的内心世界,把过往的经历、逝去的情感、白天的不快、夜晚的思念都挖出来,在自己的目光里晒一晒。

目光也会越过小区的围墙和墙外的一畦畦菜田。不远处搭建着几个木棚子,里边住着从外地来广州种菜的农民。我曾经近前目睹过他们躬身于田间劳作,戴草帽,握锄头,在田地间往复。困乏了就坐在棚子边喝水抽烟,阳光从棚顶裂了的帆布处漏下来,照得棚里忽明忽暗。或者晚上就在这棚子里过一宿,让朝阳透过缝隙把人叫醒。如果这样的棚子也是一个盒子,那它就是一个四处漏风、漏雨、漏阳光的简陋盒子了。

　　我和他们一样，为了追求城市的炫目光彩，像候鸟一样从农村来到城市，挤进这狭小的盒子，而这样的迁徙却是一种强大的不可逆转的力量。或许，我应该为我们叫好，因为我们都是有勇气背井离乡的人，从来不怕城市会成为令人绝望的地方。

　　回忆也会越过千山万水，回到当年我扶贫的小县城。

　　在一片小树林，一栋破败的木屋里，老人坚决不肯离去。我和村支书向老人说明，这屋子以及旁边的几栋木屋都要拆掉易地搬迁，因为这里不适宜生活，政府已经为他们在集中安置点分配了宽敞明亮的房子，他们只需要拎包入住。但是，老人还是偷偷地回到了旧木屋，独自生活在这里。我问他为什么不愿意住在安置点，他情绪有些激动地反问我："我的鸡在哪里养？我的牛在哪里放？我的茶园十几里路，我每天怎么上山？"我一时还真不知怎么回答。确实，我们的易地安置点都选择在靠近村镇的地方，离山里确实远。

　　我站在木屋门口，看见雪后的草木上头仿佛盖着一层厚厚白白的棉絮，屋前的一根竹子终于承受不了雪之重而折倒了，那开裂的竹片和无辜的竹叶，在雪地里绿得发慌，显得另类。

　　雪地中一行深深的脚印渐渐地被覆盖，这孤零零的一个人，映着孤单的橘色灯火，越发显得安静了。或许，老人更像一只鸟儿离不开他的老巢，他的那些反问背后的无奈，更可能是他的安土重迁，他对鸡、牛、茶树的不舍吧。

五

无论是否愿意,我每天都还在进进出出这盒子。我可以相信这个盒子里或它的地底下,有着传说与蛟龙,我也可以看见这盒子里外的抗争与自卫。这个盒子可能漏风漏雨,在风雪中显得孤单,但是我能在这个盒子里得到暂时的安静,从阴影中分离出另一个自己,在不远处与自己对视。

我从城市回到乡村,晚上睡在老屋里,白天就看蚂蚁列队爬过,我没有像当年那样倒上一抔土或者一瓢水来阻挡它们,但我也不知道它们一直在忙什么。

2021 年 10 月 7 日

天地之气

二婶看见我在雾气里欢快地跑着,冲进来一把拽住我拉进屋:"小孩子别在雾里跑,雾里有鬼魂!"吓得我缩在门背后。

我还是喜欢在大雾里奔跑,因为我从来没有在雾里边见到鬼魂,反觉飘飘欲仙。我大摇大摆地迈开步子在里边逛着,就像在天庭里腾云驾雾,梦幻而神奇,这是可以直接触摸到、可以驾驭的仙气!

村子里,浓雾弥漫了大地,苍穹像被一层厚厚的轻纱包裹着,一切都变得朦朦胧胧的,看上去若隐若现。雾气近在咫尺,总想伸手触摸它、抓住一把,却又总是徒劳。我走过光滑的青石板路,能感觉到缕缕的雾气从石缝里漫溢出来,缓缓地从我的脚底渗透上来。

母亲说,雾气就是地气,是大地的气升了起来。人要接地气。

母亲说得有道理。

邻居家里有一个叫"矮子"的男孩,比我大几岁,每年春天百花盛开的时候,常见他在某个角落里壮实的身子站得跟木桩一样,几小时一动也不动。我们一帮孩子都好奇，围观他，他仍纹丝不动。胆大的孩子用脚踢他，踢得他双腿红肿，他也丝毫没反应。我不敢踢他，怕他醒了报复我。其实我那时应当过一下瘾的，因为他根本没有意识，不记得有谁踢过他。他的母亲每次都为此事哭得伤心，但她很喜欢我，因为我从来没有踢过她儿子。

父亲懂中医，他说："治好也不难！古书上有说，孟春之月，天气下降，地气上腾，天地和同，草木萌动。脱了他的鞋，让他站在地上，就行了！"果然，他接收了地气，就奇迹般地好了，偶尔再有那样傻愣地站着，也很快就醒过来。其他孩子就不敢再踢他了。

原来这早已有记载的。古人刘纯在《短命条辨》里说："病家不接地气，故阴阳不通。是之阳气自行消长，而症候随之消长。嘱病家每日赤足走路，半时辰即可。"光脚就可以慢慢消除周期性的症状。我相信了，大地是有地气的，而且地气伴随春天醒来，会渗入无色无形的空气，渗入人的身体里。

城市里的人都住在高楼大厦里，地下层还要做防水，以免湿气上来。家里的老人总觉得住这楼房离地面远了，接不到地气，所以经常到小区里或公园里走动一番，仿佛那样才能补充地气，保健身体，不易得病。所以，我买房时便选择了一楼，有个小花园，不用再出去，就可以接收到天地之气了。

村南头的六奶，儿子考上大学在北京买了房，接她去住了几天，村里的老太太们都羡慕得不得了，纷纷来告别。可是没几天她就回来了，说皇帝老子住那儿还可以，老百姓住在高楼，没地气！她再也没去北京,也不让儿子翻新老房子,她一直住着。她就像一株长在地里的老树,吸着地气,慢悠悠地开着花。后来她主动要求儿女们给她准备寿寝仙府,在山地上挖出的那个大长窟,倒是给她挣足了面子。她的老姐们儿在墓穴上转了一圈,巴巴地羡慕:"这千年大屋好地气啊!这儿好说话聊天啊!"六奶在道场的吹吹打打中躺进去的时候,很安详,那些先她而去的老姐们儿真可以串门到她的仙府上找她聊天了。

我站在楼下抬头望,从下往上数着一层层的楼板,仿佛每一层楼板都是一道门关,远离了地面,隔离了地气,棱角分明的水泥构件在空中显得突兀、生硬又毫无生气。现代城市居民长年累月生活在这地气流失的空间,封闭、禁锢、孤独,人气也渐淡,令人心慌空虚,惘然若失……

2017年暮春,我离开广州,来到国家级贫困县——湖南省安化县挂职开展扶贫工作。我没有想到,我会在早已习惯了城市生活之后到一个贫困的山区县。县城很美,美得让人心醉,但在这片4950平方公里的土地上,广袤的山里生活着15万贫困人口,贫穷灼伤了我的眼睛,这美得让人心醉的地方也让人心碎!

我走过东坪的大街小巷,走过全县的二十三个乡镇,我走访了近百个贫困村,走进了几百个贫困户家里。我看过云台山、芙蓉山的大雾弥漫,历过雪峰湖、九龙池的烟波浩荡,也在高马二溪、六步溪的茶园里挥汗。安化的地气,在城镇、在乡间、在高山、在河流,汩汩地流入我的心间。

在大山的深处，不知道什么时候出现了一道鸿沟，像是一个村庄突然与这边的世界断了层，危崖险壑，沟谷底长满了野藤荒树，太阳一照，深沟里冒出一团一团的清气。

扶贫干部必须与贫困户同吃同住同劳动。我经过颠簸的山路，被留在了村部，我要在这远离城镇的山里与贫困户生活几天。傍晚，我坐在村部的坪前，房后的山林静静的，一团雾气缭绕，与我相看无言。看着靠在木檐下的锄头，我还能看到留在把柄上的手印，摩挲着手掌上的血泡和老茧，新伤旧痛交织着。刚才的晚饭，是用留存的腊肉来做的。虽是粗茶淡饭，却混合着山里这片土地的味道。

天渐渐黑下来，他们泡了自制的安化黑茶，与我说着话。他们讲着辣椒、地瓜与豆角，苦菜、南瓜与车前草，三姑、六婆与子嫂，都是我熟知的一串串、一把把鲜活的农人与村事，这土话里深藏着的亲切，触动了我内心的弦，仿佛我的父母叔婶、兄弟姐妹在与我说着话，焐得我心里暖洋洋的。我懂得，只要我用情用心，他们会让我像一棵树苗一样接收得到地气，扎根在土地，扛负得起风雨，向天空伸展。

早晨，天刚蒙蒙亮，我站在坪上，看见蚯蚓在坪上犁了很多地，一个个气孔从地底直通上来，我闻到咕嘟咕嘟往外冒的清气，那就是大地休整了一夜之后的地气，吸一口再深吸一口，舒坦到心底。地气，有时能看见，它一坨坨的；有时看不见但能听见，它<u>丝丝</u>的；有时既看不见也听不见只能感觉在心，它一阵阵的，像风一样，混合着野花野草的味道，一波波地淘洗着心灵。

我离开安化的时候，朋友们为我送别，我有点依依不舍，但也为自己行走在这片贫瘠的土地上做了最大的努力而不后悔，为自己在这片秀美的山水间吸收了更多的地气而倍感幸福。

无论生活在什么地方，过去与现在，都像一首催人奋进的进行曲。我小时候特别害怕独自在山上，见到坟墓便吓得全身起鸡皮疙瘩；但我在那年的暮春时节来到安化，走在山中，见到山头明晃晃的花圈纸钱，面对这死亡的符号，倒感觉出一种踏实。我也会像六奶一样，最终回归到泥土中，呼吸着地气，悠闲地过着自己在另外一个世界的生活。

地气就是天地之气，其实是你的童真，是喂养你长大的水稻、玉米一众庄稼，是你成长的乡村、你的故土，是故土上的令人思念的父老乡亲，还有你游荡在这个世界时努力给予他人的真诚与善良。有了地气，就会有底气，生命就更充实，活得更踏实。

2019 年 7 月 25 日

传递温暖

1994年的春节，那是我第一个没有回家的春节。我在系办公楼里值班，因为这不但可以节省来回的路费，还能领到一笔值班费，它将是我下学期两个月的生活费。

带着席子、被子到系里报到，然后把它们放到地下室里。辅导员江亚芳老师看到我简单的生活用品，衣衫单薄，便带我上了三楼，打开一个书柜，拿出几件叠好的衣服说："这是我们法律系以前的系服，你喜欢的话，可以挑一套穿。"那个冬天，我正需要一件外套。

说是系服，其实就是给系里参加校运会的同学特制的运动服，校运会后又被交还回来。

江老师说："你应该适合中码吧。"她抖开一件上衣，翻开领子一看，不对，就扔在一边，又拿起一件翻看。终于找到了一套合适的："你穿上试试！"我直接把外套穿上了。江老师站在我面前，双手扯了扯肩坎："挺合适的啊！"

"谢谢江老师!"

"不用谢!这些是旧衣服,再不穿就要处理掉了。"江老师找了个理由,让我接受得自然且欣然。

早在寒假即将开始时,江老师见到我,就问我寒假是否回家,我说:"可能不回吧,火车票挺难买的。"她说:"要不你来帮系里值班?"我说:"可以啊!"果然,过了一个星期,她就告诉我安排好了。

我穿着系服回到了地下室。摩挲着清爽而柔软的棉质系服,一阵暖意涌上心头。江老师其实很年轻,她只是高我几届的师姐,却像一位母亲一样关心我,给予我帮助,又让我保有自尊。

那套系服陪伴了我多年,被洗得发白,直至在一次搓洗中烂掉。

2017年春天我到湖南安化扶贫,江老师因为几年前去云南、新疆贫困地区参与法律援助,体会过当地孩子的艰难,于是毫不犹豫地参与我发起的教育扶贫,资助了安化二中的两名贫困学生,直至他们考上大学。

两名学生要向江老师表示感谢,江老师婉拒了。在他们即将启程去上大学时,我把江老师送我衣服的故事讲给他们听,他们与家人听完后热泪盈眶。我真心希望,他们之后的人生,能遇到更多像江老师一样给人以温暖的人;希望他们也能信守承诺,在将来有能力的时候回馈社会,将温暖传递给更多的人。

天涯何处有药香

唐江药材店是镇里最古老的中药铺，门面是结实的木梁，显得特别高大与厚重。那掉了金粉的牌匾，像个历经沧桑的老人，孤独地站在阳光下。店内幽深，有些幽暗，也有些安静，一跨过那潮湿的木门槛，就有一股浓浓的中药味扑鼻而来。

父亲是个老中医，他曾在中药铺里坐过堂，就在中药铺门口的木桌上为病人把脉、写处方。他的处方很特别，是用毛笔写成的。他屏息把脉，然后铺纸、舔墨、提毫、顿笔，那纤秀的小楷，字字灵动飘逸，在处方纸上跃动着，让人仿佛读到的不是一味味的中药名，而是一张书法字帖。

父亲开好处方，叫一声"拣药"，店里的伙计们便开始忙碌。伙计把处方放在柜台上，用镇纸压住，又在处方旁摊开几张黄皮纸、手抓小秤，看一眼处方，便径直走向后边的一排排整整齐齐的小匣子前，取出那味中药，称一称，不足时添一小撮，多了则轻轻地抖去一些，返回柜台，均匀地分倒在黄皮纸上，然后再看第二味药，称药、分药，来回反复。称完药，伙计麻利地舞动着手，折纸、压紧，手向上一抬，便扯着了吊在柜台上像一个个纺锤似的线圈，一手药包一手线，前后左右地缠绕，很快一包药便包好了。他们包药，动作轻柔而熟练，如舞如歌，行云流水一般，仿佛是一场表演，若是病人本人见到，一定也会减轻许多的痛苦。

当一包包药在柜台上叠好，我无论怎样也感觉不到这药的苦味，相反，倒像是放在桌上的一盒盒精美糕点，美味无比。拎在手上，那绝不是要去见一个病人，而是去走亲戚时的礼物。

我喜欢去药材店，因为在那儿，我可以闻到熟悉的中药味儿，还能见到那个漂亮的阿姨，她喜欢和我说话。她有时会打开挡板，带我走到柜台里边。我便闻到一点儿苦，一点儿甜，又有一点儿植物的香，一点儿干涸的涩，似乎山野的气息、溪水的动静、鸟雀的鸣声，都在眼前、耳边，心底非常的踏实。

我能看到深色古朴的药架上，是一格格的抽屉，表面是用方正的楷体写的药名：黄芪、金银花、茯苓、川芎、木通、秋桑叶、夏枯草、北沙参、苦参……我跟着她一路走过，像走在大自然中，见到无数熟悉的玩伴。我有时捧起一味中药，细细地品看，能看到曾经的草虫鸟兽，看到生命的气息。天涯何处无灵药，如今它们都豁达大度，随遇而安地栖居于这小小的匣中了。

她有时会拉开药匣，抓一把党参、枸杞或红枣放在我手中，那股甘而甜的味道，直渗心怀。我喜欢她身上淡淡的中药香，那种大自然里的草木花香！她皮肤白净，该是映和了各种药材的光辉，即使长长的药匣幽深，她也似乎闪着青春的光芒。

我也喜欢匣子里的各种中药，它们带给我自然的味道，它们是大自然的精华，晾干了住在各个匣子里。而许多的中药，被孩子们的手抚摸、采摘过，又在这里与我会面。我小时候，常拣了蝉壳、八角茴，割了辣蓼草、鸡屎藤，还有许多叫不出名的植物，晾干了拿到药材店里，仿佛身边一切的植物，都毫无例外地能入药。它们以纤弱、静止的身姿，陪我嬉戏，陪我成长，又以纯朴的意志，以始终不渝的爱，投身为中药，为我们驱赶邪灵，解除我们的痛苦。

父亲特别讲究配药，常常说起他的处方的灵妙之处，就在于某一味药不可多，也不可少，多了少了，药效就完全不同了。这似乎不只是父亲处方的奇妙，也该是中药的奇妙与神秘吧。

父亲也常对拣了药的病人反复交代，彼味药要炒熟，此味药需冷水浸，交代得清清楚楚，若是病人不明，则重复几次。父亲在下医嘱时，总是语气温和，面容和蔼，眼神纯净，一如中药铺里的时光缓慢流淌，让人安心起来，相信这一剂服后，药到病除。这中药铺里，有等待，有心急，最终心安理得。

一味味中药，罗列整齐，在药包里你中有我，我中有你。

各式的药材，混着一起投入煲中，慢慢地经历水与火的煎熬，文火悠悠，煲里开始发出吱吱声，苦味弥漫开来，有股温情的轻烟升腾起来。我看着祖父一口一口地喝下苦涩的药汤，我真希望，那中药的生命与精华都喝进了祖父的体内，他的病能好起来。

我害怕吃西药，即使如今已过不惑之年，我也难以吞下豆大的药丸，更别说那些长长的胶囊了。那些看不懂名字的西药，总像一块块硬物，卡着喉咙。但我从小不怕喝中药，相反，仿佛吃中药是一种现世的快乐。我喜欢冰片作引的所有中药，那亮晶晶的冰片，加入由夜色沉淀的中药汤，就如夜空中一颗闪亮的星星，虽然最后消失了，也仍然闪着晶莹的甜光。喝中药，就是我接受植物的洗礼，腹中有一股无以言说的舒服熨帖感，浑身通畅，仿佛四肢充满绿意，阳光在上下流动。

人有药性，其实更应该说药也有人性。草木森森，每一味中药都有着雨水与泥土的气息，吸纳了精华灵气，有着明朗的底蕴，呈现出大地之美，与人的生命四季相应，更替轮回，新生与希望，成为我们一生幸福和安宁的奥秘！

我喜欢那个古老的中药铺，那是童年留给我记忆的甜味。我也喜欢每一味中药，那是如今我思念的苦味。无论甜与苦，都是我心中的香味！

2016 年 7 月 20 日

疫疠沉思录

一

看不见的风穿堂而过,看得见的人戴着口罩,蒙去了大半张脸。一个人离另一个人远远地排着队,逐个入关。这班从香港过来的客轮,比平时多耗时两小时,因为启航时要体检,入关时要测体温。

我站在门内,翘首等待,但到妻子走到我面前时,我才看清她!那熟悉的眼睛,躲在口罩与帽子的深处,似乎要隐藏到最安全的地方。如果她像某些人一样戴上护目镜,那我确实无法认出她来。我们没有拥抱,担心无处不在的病菌让我们相互感染了!

人群迅速散了,关口恢复了冷清,只有风挟着消毒水的味道,不需要办理任何手续,自由地出入着,还有嘤嘤鼓噪的苍蝇,同样地自在!

二

　　冬天的北风，在一个寒潮中长驱直入，翻越了五岭，令潮热的广州顿时冷却下来，变得无比阴冷。人们对新冠肺炎的恐惧，沿着京广线，沿着高速公路，跟随着年前的春运大潮，像风、像空气一样，无法阻拦，在不规则和混沌中四散开来。

　　这邪恶的病毒，在春天到来之前燃起恐怖的荒火，向人类宣战。

　　一个朋友的电话让我紧张起来，他所在的楼梯间有人确诊了，他和家人都有咳嗽、发烧的症状，立即被送往医院并隔离了。我感觉我的全身都开始发热、颤抖了。二十多天前他与我隔着桌子聊过天，即使可以肯定那时在广州还没发现新冠肺炎，我也胡思乱想起来，直到他比我更紧张地在某天一大早就打来电话告诉我，他一家人都是普通感冒。

　　每一个人都感到极度的恐慌，仿佛死神在空中伸出了它罪恶的手，不知道谁会不幸被它选中，顷刻间生命便消失了。

　　同学发来信息，两小时前我办公室对面的某新村一个疫区来的人已确诊，我立即感觉我周围的空气飘满了病菌。消毒、戴口罩，我恨不得停止了呼吸，与世界隔离！

　　真正要隔离的，是我们惊恐而扭曲的心！

三

　　我翻阅着单位（宾馆）的住房退订数据表，10间，20间，50间……从除夕到年初六整个假期，从年初七到元宵节，再到整个正月、2月、春交会，取消预订的数量在增加。餐厅本是爆满、一席难求的，年夜饭开始取消，厅房开始取消，我站在餐厅，看着本应熙熙攘攘的中餐厅，只有静静的桌凳，无言而落寞地用布蒙着脸，想必和我一样都落泪了。那几间新装修的房间，已经取好"桃花里""凯旋厅""锦绣屋"的吉名，估计等不到这个春天有好生意，如桃花般盛开了。不到元宵节，损失总计已达几百万元。

留给准备热热闹闹、团团圆圆过春节的中国人民的记忆，是一个永久的创痛：本应车水马龙的街道上，没有车，没有行人；本应人山人海的商场变得空空荡荡；所有的人都戴上了口罩，口罩成了最抢手的物品；超市里的米油粮面被抢购一空，往常喧闹的广场舞人群销声匿迹了……阳光照在城市，照在路面，明晃晃的，没有人迹，没有鸟声，这突然静止的世界，更让人内心恐惧。

我去看望一位被隔离的员工，路过天河体育中心时，广场空旷。谁能想到，辛苦、期盼了一年的花农，会面对着空无一人的花市，面对着血本无归的结局。花农怒砸花盆，欲哭无泪！那砰砰砰砰的撞击声，仿佛一颗颗心碎了满地！

四

同事张裕兰被隔离了。虽然年前她就回到广州，但因为途经武汉，为谨慎起见被隔离在员工宿舍。单位安排了宿舍管理人员每天为她测量两次体温，买饭送到宿舍，帮她倒垃圾。工会人员也询问了她的需求。我联系了她，她没有提什么要求。过了几天，工会办的同事说,与她私下聊天,她说几天没有吃肉了,网上也很难订到,菜和水果都贵,想吃烧腊!我感觉有点意外,但转念一想,或许是她不好意思向我这个工会主席提要求吧,我有些自责起来。

第二天,我带着酒店厨房做的一份烧腊,还有热汤与饭菜,一起送去给她。我戴着口罩走上楼梯,敲了门,把东西放在门口的地上,然后往后退了一米多远。她开了门,也戴着口罩站在门内,我们便隔得远远地说话,我感觉她似乎比以前瘦了。她弯腰去取地上的饭食时,我心里五味杂陈。这种平时绝不会出现的传递物品的方式,在严峻的疫情下出现了。我们都很无奈,但为了保护自己也保护他人,只能采取这种不可理喻的方式了。原谅我,这是此时此地我能表达歉意和关爱的唯一方式。

一场疠疫,改变着我们的意识和行为!

五

我想起了2003年的那一场非典,那些逝去的亡灵,以及幸存者艰难的愈后生活。他们大多骨头坏死,终生忍受着疼痛的折磨,生不如死。

那些确诊者、疑似者离开家庭、离开亲人,独自登上呼啸的救护车,一如海员挥手离开港湾,驶向雾气笼罩的海洋。他们努力地回想自己曾经去过的场所,如实地列出曾经接触的人。

但愿疫情过后,我们可以自由地走出家门,回到这个安稳的世界,把泪化作粲然的笑,向家人、朋友和医生致谢,向虽窄却温馨的小屋致谢，更加体会健康与平安的宝贵，摸着自己的手，跟世界说："我回来了！"无论是在阳光下还是在睡梦中，无论是我康宁的身体还是我飞翔的灵魂，都有一种踏实。

六

在我成为一粒尘埃之前，我又静静地怀想了一遍故乡的黑土白云。多想回到小时候啊，风是尽情飞舞的，雪是洁白无瑕的。

活着真好，可我死了。我再也无法抚摸亲人的脸庞，再也无法带孩子去看东湖春晓，再也无法陪父母去看武大樱花，再也无法把风筝放到白云深处。

……

天快亮了，我要走了，带着一张保证书，那是我此生唯一的行囊。

谢谢世间所有懂我、怜我、爱我的人，我知道你们都在黎明等候，等我越过山丘！可是，我太累了。

此生，我不想重于泰山，也不怕轻于鸿毛。我唯一的心愿，就是希望冰雪消融之后，众生依然热爱大地，依然相信祖国。

等到春雷滚滚，如果有人还想纪念我，请给我立一个小小的墓碑吧！不必伟岸，只需证明我曾来过这个世界，有名有姓，无知无畏。

那么，我的墓志铭只需一句：

他为苍生说过话。

这是一位曾经呐喊过，为事实而被误解且最终献出生命的人写下的遗言!

我默默地向他致以哀悼与崇敬!

七

"桥炸掉了吗?"军官发问。

"当然!"另一个军官得意扬扬地说。

"代价多少?"

"不值一提,两伤一阵亡。"他怀着明显的喜悦,难以抑制愉快的笑容,用响亮的声音吐出"阵亡"这个漂亮的字眼。

这是《战争与和平》里描述的战争残酷,死伤不及一个漂亮的字眼重要。

因为疫情,这个月的读书会我们不能聚集在一起读书了。还好,我们下定决心要读的《战争与和平》可以在这个时期里读完。

室内,是一场书本上规模宏大的战争;室外,是一场中国人民抗"疫"的战争。

病毒在地球上已经滋生了20亿年,当几百万年前人类出现时,他们便开始了这场持续至今的战争。人类似乎占据了上风,侵占了雨林、湿地甚至冰川,改变了地球的生态,围剿了天花、麻疹等,然而病毒并没有完全被消灭,它们以艾滋、非典命名的部队,一轮轮地冲击着人类。这次的新冠肺炎是它们的另一支分队,这是病毒对人类的又一次报复,是人类面临更大困境的小见证!战争可能一时停息,但新一轮战争不知何时发起,人类和病毒博弈,永无止息地争,艰难地向着和平前进。

在漫长的历史中,人类常常不知道自己的敌人是谁,不知道它们何时从哪里向哪个目标发动进攻,只能处于防御之地,付出了惨重的代价。

但值得庆幸的是,如今我们有最高的指挥官与指挥部,有我们的白衣战士——医护人员,有钢铁长城般的全国人民做后盾,有众志成城的抗战意志,有统一协调的物资调度……有钟南山、李兰娟等无数的英雄,为了健康而战斗!

这是一场人民战争,是一场必将走向和平的战争!

八

《诗经·小雅·吉日》:

"既张我弓,既挟我矢。发彼小豝,殪此大兕。以御宾客,且以酌醴。"

我们弓弦已拉开,也已把箭拿在手。一箭射死小野猪,奋力射死大野牛。野味拿来待宾客,共吃佳肴同饮酒。

似乎千百年来,野味就是我们餐桌上的稀有之宝,真是"野味满厨充佳肴"!

"野味之逊于家味者,以其不能尽肥;家味之逊于野味者,以其不能有香也。"野味之所以香,在于野生动物"草木为家而行止自若"。当肥厚和味道不能兼得的时候,"舍肥从香而已矣",岂能放弃对美味（野味）的追求？

而自从非典之后，我再也不吃野生动物，这不只是对法律的遵守，更是一种对大自然的敬畏！

2017年，我来到湖南安化扶贫，下乡时偶尔会见乡民们捉了果子狸、竹鼠、麂子、野鸡、野猪、蛇等，津津有味地煮了吃。母亲到安化来，朋友为了表示盛情，也买了野味招待她。殊不知，母亲从来不吃这些"美味"，我也只是象征性地吃了些配菜。我确实能感受到，这些野味比家禽有更大的山野之气！

己亥年初，我已回到广州，贵武约我年底重回安化，但年底的这场疫情阻断了交通，安化实行六级隔离措施，封了城、封了村，不能去了。

贵武和我通电话，相互报了平安。我们聊着这次的新型冠状病毒源于蝙蝠，传到果子狸再传到人，聊着安化县的确诊病例。他胆战心惊地说以后再也不敢吃野味了。后来虽然关于疫情的起源有了诸多变化，但我相信，经过此疫，一定会有更多的人像他一样，不再吃野味了。

这场疫情悄悄地改变着中国人的吃穿住行，改变着我们的生活。这样的改变，是经受巨大的伤痛后的改变。

九

换取一点点进步，却是以人类付出生命或健康为巨大代价的。当我们厌恶那些陋习，诅咒那些恶魔一般的行径时，你不得不在历史文化的旧纸堆里，翻出许多的腐旧来。

我翻看《中国救荒史》，这多灾多难的国家，在周代有1次瘟疫，秦汉时期有13次，三国两晋17次，南北朝17次，隋唐五代17次，两宋金元52次，明代64次，清代74次。这统计数据不完全却又足以令人震撼，导致人口大幅减少。

然而，我们每一次都挺过来了，人口也一直在增长。这样的胜利，让我们的先民自大地认为疫病暴发只是生活中的小插曲，不幸绝不会落到自己头上！

十

对于大地，人们倾注了无限的赞美与感激，而大地也是一个生命体，它有内在的喜怒哀乐，在我们无视它的受伤时，它将展现其威能，无情地回击无知的子民。

这是一段无法忘却的历史。那救援者的奔忙，那求生者的倔强，那劫后余生者的泪水，共同垒就成一座震撼世界的高山。我们尚无知，我们仍脆弱，但我们并不孤单。

那一位没来得及回家的年轻人说，待疫情过后，赶紧回去看看父母，陪他们聊天吃饭。

那一位医生对同是支援医护人员的她说，待疫情过后，我娶你！

那一对在家十几天的夫妇说，待疫情过后，我们一起去逛街、吃好吃的！

那一位在家玩够了的孩子说，待疫情过后，我赶紧回学校上课！

我们是庆幸的,活着就是最珍贵的;我们是幸福的,生活就是平常。

十一

"二月。墨水足够用来痛哭,大放悲声抒写二月,一直到轰响的泥泞,燃起黑色的春天。"这首帕斯捷尔纳克写二月的诗正是此刻我内心的写照。

我心中默念:苦难有如乌云,远望去但见墨黑一片,它绝非没有安慰和希望。苦难磨炼了一些人。那些未能将我杀死的事物,会使我变得更有力。

2020 年 2 月 17 日

一个广州人是如何谈论黑茶的

一

当确定我要去湖南安化扶贫两年时,我便在网络上寻找这个地方,"黑茶"一词首先跳跃了出来,又久久地霸占了页面,我却无法看清它的颜面。

黑茶,是一棵绿树,还是一株红花?

黑茶,是一种味道,还是一片空间?

黑茶,是一方地域,还是一门语言?

安化人家家都种黑茶、泡黑茶吗?喝黑茶与饮早茶一样有众多的点心吗?泡黑茶像慢火煲汤吗?海鲜与黑茶可以同食吗?黑茶有凉茶的效果吗?

二

正是暮春,清明刚过,一切都热烈了起来。阳光摆脱了潮湿,显出一层亮色。高铁列车驶出广州南站,穿过一片厂房与高楼,经过满街粤语的城区,来到了郊外,起伏的丘陵和郁郁葱葱的树木从车窗外走过。

长沙南站,各色人等嘈杂来去。我听着和白话音调相仿的南方方言,却听不太懂。我并没有听到我想听到的臭豆腐、小龙虾和黑茶等词语。或许他们曾经熟练地多次讲过又会心地确认过而我却听不懂,他们的话对我而言是混沌的、难辨的、不清晰的,跟黑茶给我的感觉一样。

汽车一路往西,我感觉光阴逆转,窗外香樟树由几小时前的深绿茂密倒回成鹅黄的嫩叶了。我是追赶得上时间的人吗,可以迈过湘粤的边界,瞬间回到初春之时?

我一直想知道黑茶的样子。茶树有多高,是黑枝黑叶吗?黑茶是什么形状,圆的还是方的;是什么味道,甜的还是苦的?但我实在无从想象,因为我此前从不饮茶。但我却斗胆写过一首关于茶的诗:

> 我和你一样的卑微,
> 褪去了年少的姿色,
> 蜷缩成佝偻的条索,
> 倔强得无怨无悔。
> 我别无他求,
> 只想一生有你相陪。

想啊想，天地就突然小了，
小在一个暖暖的心窝里。

我完全不知道我这个从不饮茶的人为什么把自己比喻为茶，不是因为某一缕思绪或是某一刻敏感，该是与安化黑茶前生有缘吧。

无论是天气、树木、对话、小诗还是味道，此刻都凝聚成了一个词——黑茶。我对它的描述就是：黑色，不规则，味苦。

三

这种近乎执拗的想象，在进入安化之前，显然有些武断，它是一个广州人——我，对黑茶的肤浅认识。

当我沿着 S308 省道从敷溪进入安化时，我看见这条道是在资江边劈山而建成的，裸露的山体有煤一样的颜色，道路在山脉间无限延伸，以致我错以为黑茶与石头一样硬、与煤山一样黑，我的思维被绑架了。而不幸的是，我初次见到的黑茶，除了号称世界茶王的千两茶甚至是万两茶令我震撼外，黑砖的油黑、深沉、质量紧密成为最初的印象。当我真正置身于这片土地，感受叶与叶相互碰撞挤压，黑与黑擦出炽热的火焰，叶与水泡出浓郁的茶香，我知道，我与真正的黑茶正在迅速靠近。在这茶店多过米店的安化，茶的颜色迅速染透了生活的细处，染透了时间的深处。这一切，都只是因为在安化，黑茶的产量太庞大了，黑茶的影响太深邃了。

花城广州的色彩没有这么单调。

四

我到任后不久,市领导来安化视察产业扶贫工作。他在主席台上讲,作为一个安化的干部,尤其是领导干部,在一定程度上说,不懂黑茶就是不胜任岗位。进工作餐时,他问我:"你懂茶吗?""不懂!""你从广州来,竟然不懂茶?有点意外!"是的,我也感觉意外,我在六大类茶畅销的广州生活了二十多年,竟然没有学会喝茶,连全国有名的广州芳村茶叶市场都从未去过,更不要说懂茶了。

他的话无异于一道闪电,瞬间照亮我的缺陷。我回到宿舍,赶紧找了一本《安化黑茶简读本》,一个晚上就把它读完了,我迅速地了解了安化黑茶的概貌。在下一次喝茶别人讲起"金花"时,我很快地说出它的学名"冠突散囊菌",他们对我刮目相看,我通过一个专业名词树立了"懂茶"的形象。

我在与人聊天时,无论是与安化本地人还是安化以外的人,无论是在餐桌上还是在车上,"黑茶"成为使用频率最高的词。这是在这片土地上的人的生活与兴趣积累而成的,在"黑茶"上做着一个遥远而缥缈的梦,以至于呼吸、睡眠、穿衣、吃食、住宿、行走,甚至是生死都被渥堆发酵了,成为点燃的火把,释放着沉寂了千年的能量。

五

我开始品尝天尖、茯砖、黑砖、花卷茶,我细细地品味着它们不同而各自精彩的味道。有人问我:"你喜欢哪一种黑茶?"作为一个广州人,我确实喜欢全部的黑茶。

我回了一趟广州,带着"手信"——黑茶去看望朋友。他们都是茶客,有的喜欢铁观音,有的喜欢普洱,有的喜欢单枞,但他们都没有喝过真正的黑茶。

我拿什么作为黑茶的代表来让广州人品尝呢?无疑,天尖是合适的。但是,七星灶的火味让这群广州人感觉水都是被烟熏过的,难以咽下,甚至不愿再端杯。那一刻,我有些沮丧,甚至觉得丢了安化黑茶的脸,也让我一直鼓吹安化黑茶的好几乎成了虚假宣传。但他们在我的极力鼓励下,喝到了七八泡之后的精华,茶气、香味与甜度都在此时达到了高点,而三十泡的耐泡性,更让他们惊讶,大叹确属好茶。

这让我心里踏实了些。更主要的是,我觉得广州人也像黑茶,他们生活在火热的广州大地上,就如在七星灶上烘烤,将日月星辰纳于灶里,将天地山川融于茶叶,吸天地之精气,聚日月之灵光,包容了五颜六色的各大类茶,还包容了天南海北的各方人。他们更像黑茶,黑黑瘦瘦的外形,平凡普通,只有跟他们交往,像茶叶被一道一道地浸泡过,你才会猛然发觉眼前竟是优秀而内敛的人。这些正是广州人常有的性格!

在广州,没有什么是一盅两件解决不了的,如果有,那就再来一杯安化黑茶。

六

和广州人聊黑茶,是一件很容易的事,因为广州人喜欢喝茶,红绿黄青白黑花,都有众多的拥趸,而茶道是相通的,就如百色归一。关键是,广州人还是健谈的!

阿永是我相识多年却没有什么深交的朋友,但这一次,茶作为一个共同的词语,终于点燃了我们的谈兴。

我说杀青、揉捻、渥堆,他说萎凋,摇青;我说冰碛岩,他说建盏。他习惯性地混淆着此茶与彼茶的工艺,对茶也是如此"求其啦!是旦啦!"(随意的意思)似乎搞不清楚、不求甚解就是他的本性,所以我也不与他争论,只要能聊就行。

我们的语速越来越快,气氛也越来越炽热,就像泡开了的一壶黑茶,醇厚得越来越带劲。

七

我爬上高高的芙蓉山,只为看一眼我的扶贫项目。

我才发现,山、水、茶是这里重要的特征,无论安化人还是外地人,都会明白山是骨架、水是血液、茶是筋肉,这里演绎着从贫困走向富裕、从卑微走向高贵的故事,让人心战栗。

作为一个广州人,或者有缘,或者幸运,我才能来到安化,品一杯黑茶,靠近自己。

安化的美,美在茶园。

一畦畦的茶树缀满了山坡,像一条条绿色的带子绕在山腰间,浓浓密密地伸展着。山顶的茶树被雾气漫浸着，看不到边。那有些粗糙而坚硬的深绿是去年的老叶，清明后透明青黄色的嫩叶是茶树的新衣。远远望去，一片绿色的海洋，泛起了淡绿色的波浪。绿！一种无与伦比的绿迎面向我扑来，一时间，我觉得自己和茶树一样，也绿了。

一个广州人深情地写道：这里千山叠翠，嘉树生华，静水深潭，天赐蔎荈，前生注定是黑茶留恋与安扎的地方。一片绿叶，大自然无私地馈赠，散尽了青涩，在搓揉中塑造自己完美的形象，在渥堆里默默地磨炼自己的品性，在松柴明火中有了山的笑容、樟的含香，忍受日晒夜露的孤独，慢慢地绽放内心的金花。斗转星移的变幻，大自然与时间转化带来最美妙的感觉。这不只是在写黑茶，也是在写广州人。

有的人在拣茶梗，有的人在蒸茶，有的在唱着《千两茶号子》压制千两，有的在装着模板压着黑砖，整个茶厂，满室茶叶清香。

一群劳力，他们皮肤褶皱而黝黑，双手有力而忙碌，他们满头大汗，汗珠在朝阳中闪光，目光有时也变得嫩绿，但仍然坚定。无限重复的劳动，机械而强劲，与茶叶、与人纠缠在一起。

这才是黑茶真正的美。美是通行的，无论在安化，还是在广州，劳动都是最美的，它在人的深处，闪着辛苦而又人性的光芒。

八

机械化的生产一改我对黑茶品质低劣的想象，一改我对安化小作坊的想象。原来制作茶叶也可以不落地地清洁化生产，这和我在广东参观的茶厂没有什么区别。

在安化县茶叶办，每块小牌就是一家茶企的名称，把整面墙都占满了。

不可思议的是，许多安化人认为，包括广州在内的珠三角的气候，比安化更适于保存黑茶。有些厂甚至把生产好的产品都储存在广州，客户需求的产品直接从广州发往目的地。

我感到幸运，茶艺师、制茶师傅及茶企业者都愿意把他们所知道的黑茶知识告诉我。他们半开玩笑地说，期望将来在广州能与我重逢。那是他们对我结束扶贫返回广州的一种期待。

九

我走过六大山头，又觉得还有更多的山头，生长着不同特色的茶树，又因工艺的不同，有着不同山头的味道。

两年后，我已经熟悉了黑茶，回到广州这座南方的城市，时不时地会在街上发现一间黑茶店，就像在一个遥远而陌生的城市里，突然邂逅了一位多年未曾谋面的友人，令人惊奇又似命中注定。

有人从安化寄了几款样茶让我品评，我得以重新启动我敏感的口舌。我不仅猜中了黑茶的年份，竟然还猜中了来自哪一座山头！我才知道，一个广州人，只要他在安化停留过一些时日，他就会清晰地记得黑茶的味道，身体里就注入了黑茶的基因。无论在广州，还是在安化，又或者在其他任何一个地方，飘香的黑茶都会让我念念不忘。

一杯黑茶,影响着我的生活,让生活显得如此具体,充满了热量与激情。

十

广州人怎样谈论黑茶?大概会简短如下吧:

"最开心嘅事係乜?"

"赚到钱!"

"比赚到钱仲开心的係乜?"

"饮一杯安化黑茶!"

黑茶从大自然的深处走来,跨越了千山万水,在这个时代的青年人内心苏醒了,迎接一个激情时代的到来!

2019 年 11 月 8 日

最热,开出最香的花

一

一片建兰花瓣轻轻地飘落,在地图上,恰好盖住了水乡榄核。哦,原来积沙而成的榄核古镇不只像一粒榄核,也似一片香气四溢的兰花瓣,绚丽的样子让人回忆起水乡的美好往事,怀念起从前的光辉岁月。

十年来,我在浅海涌边无数次地走过,蕉林绿影,芦草兰叶葳蕤,蜓蝶蹁跹。浅滩沙洲,水杉卓卓,树下羽鸭凫水而过,树影化作了清波,朝阳下洒落一地的金色。

细听,你能听到渔舟唱晚,也能听到黄河咆哮,还能听到涌动的时代进行曲。这,是一片热土!

二

清晨,我靠着日渐光亮的朝阳的指引,驶向榄核顺河村,路两边的蕉园和蔗林,像是久别重逢的朋友,披着露珠与我招手,十分亲切。我熟悉它们,就像熟悉自己。

同事小林说,他的父母今年种植的几十亩香蕉、果蔗和木瓜又是大丰收。父母总劝他回来,而他却更喜欢城市的生活。

小林带着我走进黄皮树掩映的家门。大院子里,几棵杨桃树叶婆娑,还有一棵苍劲挺拔的鸡蛋花,树冠如盖,绿色葱茏,气势昂扬,满树繁花,清香淡雅。屋子显然是新起的,四层小楼颇显洋气,但厅内的祖宗牌位却无比强烈地说明,这是一间农民大屋。

小林的父母正在院子里忙碌着,在为八月初二土地诞日的祭祀做准备。

祭祀完毕,在热闹而嘈杂的鼓乐、鞭炮声中,村民们推杯换盏,米酒的醇香醉了河涌、蔗林。

这是一个传统的村庄,而这正是榄核人、南沙人甚至是整个珠三角人可爱的地方,他们脚踏实地、不懈努力,在这片土地上丰衣足食。

这一夜,我醉倒在这流光溢彩中。

三

你听见这个世间的最强音了吗?

一个心中没有星空的人,注定不会理解冼星海对音乐的感情;一个没有让长江、黄河流过心灵的人,注定听不到惊涛的民族呐喊。比起相隔的岁月,灵魂的距离更为遥远,心灵的独白最是强音。

天才就在世间的某一个角落，就在南国的这片土地上。珠江口地气极旺，似乎有无尽的力量滋养着万物，田亩连绵，蕉树满坡岭，叶叶心心，舒卷有情，挂不住的满野绿意，正如南海岸边的波浪般漫溢而来。

在麓湖之滨瞻仰过冼星海的雕像，我便乘着歌声的翅膀，飞向南沙榄核湴湄村，这里，是他的故乡。

一个多么熟悉的名字，新文化运动中的音乐巨擘，他在短暂的一生中，为世人留下了600多首歌曲，还有40万字的音乐理论。没有哪一个抗战青年不是听着他的乐、唱着他的歌前进的！

河涌边的茅檐低小，映在清亮的河水中，带给他洁净的意志；贫穷没有阻拦他音乐的梦想起飞，没有遮蔽他纵意的眺望；他的天空比大地还清朗、辽阔；对祖国的热爱，让他坚持把音乐理想付诸实践。即使在战火纷飞的年代，他那双充溢青春意气的明眸，望到了岭南田野上跃动的声浪，听到了中华辽阔大地的强音，心随民族的脉搏而律动。

从岭南到北京，从上海到巴黎，从延安到莫斯科，他用音乐拯救无数人。

是抗日的责任，是创作的欲望，是灵感的激荡，他见词即成曲的《救国军歌》，在校园唱响，在大街唱响，在中国大地唱响。许许多多的人终于丢掉了幻想，挺直了脊梁，拿起了刀枪，奔赴战场。

在延安窑洞里，六天六夜的不休不眠，在熟黄豆粉拌红糖冲成的"土咖啡"的芳香中，终于响起了《黄河大合唱》："风在吼，马在叫，黄河在咆哮，黄河在咆哮……"时而深沉，时而激昂，从民族的发源地走来，在滔滔的黄河边、在悠久的历史中传唱。音乐像黄河之水倾泻而下，吹响抗战救亡的号角，穿越时空，汇成保卫黄河、保卫祖国的壮丽画卷，成为中华民族精神气节的千古绝唱。

在人民音乐家那里，充盈内心的不是战果，而是昂扬斗志，是争取民族独立的坚定决心。既然命运把他送到了世上，他就已将生命交给音乐，交给了人民。心灵的羽翼犹如渐次而高的音阶，昂扬地奏出生命中更强的华彩。

1939年5月15日，他深情地写道："我对于中国共产党的奋斗刻苦精神时刻不能忘记。……是因为我们中国需要有一个无产阶级的政党，这个政党代表群众意志，有组织地、广泛地去领导全中国向着一条光明伟大的路迈进，就中国共产党本身说，她的任务是伟大的，前途是光明的，最大的原因是中国共产党是由全国最多数的工农分子组成的，她是从艰苦奋斗产生出来的。"这是他心音的激响，这是世间的最强音！

他永远不会被时间终止，而是延续着壮丽和卓越，并在新的时光中，与历史一道前进。

如今，在他的故乡沥滘，又矗立起一座新的纪念塑像，他可以看见当年魂牵梦萦的故土美丽的新貌，可以看见当年为之奋斗的理想已经变成了现实。南沙水乡，江风飘逸着曼妙的乐韵清音。音乐，在这里变成了呼唤美的种子，在这里生根、发芽、开花，结出美的果实。连片的香蕉结出了生活的甜蜜，家乡的人民正一路高歌昂首奔向未来。

这片土地名声远扬,因为他唱出了人民的心声!

四

南国的天气说变就变,云朵镶起了蕾丝,就像经过薯莨的漂染,低空中可见急雨拉伸开来的箭矢。当飞鸟的振翼截断了雨阵,天空放晴,漂染的颜色就落了下来。香云纱,是落在地上的彩云。

我行走在彩云间,看见的不是仙子,而是头戴草帽、身着缁衣的晾晒工人。他们的脸和衣服一样,已经被染得杂色斑驳,根本无法看出本来的颜色。

浸槽内的薯莨汁液就像深色颜料被打翻在水中,深沉而又有些魔幻,丝绸生胚在浸槽里潜浮,被轻拍着、抚弄着,浸透每一方寸。又滤去浮渣,抖去沉滓,一匹长约二十米的纱绸就这样被平整地摊开、拉紧、绷直,在阳光下晾晒自己的心事。它是否曾记取泥土的叮咛,又曾期待更绚丽多彩的明天?

没有机器轰鸣,也没有化学颜料的难闻气息,一切都来自大自然。忙碌的场景构成了一首起伏的色彩交响乐,绯红、粉红、鹅黄、湖蓝、豆绿,茵茵的草地变成了一幅彩色的画卷!

老屋廊底的神龛前,缓缓而过的宽大裤脚,是阿婆蹒跚的步伐,穿着香云纱。但这已成记忆。小林有些遗憾,没有在外婆在生时问明那匹老香云纱的来历,更没有让外婆看到他把香云纱披在新娘身上。小林没有回到村里,他留在城市,却没有被花花世界污染。他的心里，仍然喜欢这清亮爽滑的香云纱，喜欢心爱的女孩穿着香云纱时柔弱如水的样子。从此，一冬又一夏，一春又一秋，香云纱伴随她，或站在自家门槛上，或走到村口水井旁，或走在村外车路上，遥望丈夫归家的身影。

香云纱，越老越珍贵，永远以当年的娴雅和美丽，蕴藏着深情与希冀。

几百年的时间里，草木、习俗、人情、世风都在流转变迁，唯有香云纱不曾改变。它身上有祖祖辈辈的汗水，有泥土的清香，还有阳光、空气、水分带来的生机和禀赋。世人的辛劳和虔诚，掺和了每一个年代的气息。珠三角人以神奇的智慧，在"唏沙唏沙"声中，在一种律动、一种节奏中，奔向美好的新生活。

五

兰花，在我想象中一直是北方植物，却与她在榄核相遇。我也终于明白，在行车时看见的那一间接一间的种植棚的内涵了。

在兰花基地的控温大棚里，清香四溢的寒兰、亭亭玉立的剑兰、雍容高贵的墨兰……伴随着轻快柔美的音乐，一株株排列整齐，仿佛翩翩起舞。

园主介绍着种植兰花给当地经济带来的发展，还有带动村民致富的故事，引来无数的敬佩，当然还有购兰的意向。

我问他："怎样区分这些兰花？"

"银针、铁骨素、绿鸟嘴都是建兰。你仔细观察，银针的叶尖是金色的……"

"什么时候兰花开得最好？"

"最热时，开出最香的花！"

……

此时，我已经无意听取更多兰花的知识，我只清晰地记住了这句话："最热时，开出最香的花。"

在这片热土，涌现了最天才的音乐家，他为人民讴歌；在这片热土上，有着勤劳而奋进的普通人。

在这个时代，有一种力量引领人们实现伟大梦想。

哦，这是一片热火朝天的土地，这是一个香飘四季的时代！

2021年5月28日

辑三　岁月如风亦如雨

当县长的第一天

我挂职安化县委常委、副县长的第一天,就经历了严峻的考验。

本来没有工作安排,但就在昨晚,已是很晚时分,县政府办公室给我打电话,恭敬地问我明天是否可以代表县政府向益阳市招商引资监察团汇报工作。天哪,这可是我挂职第一天,对县里的招商引资情况一无所知,怎能代表县政府作汇报啊?他们鼓励我说,没问题的,只是代表县委县政府出面作陪,具体的汇报工作由招商局来负责。我想,初来乍到,能分担点工作,也是应该的,我便答应了,但心里还是有些忐忑,看来我只能硬着头皮顶上了!我请招商局廖书记把程序告诉我,并让他明天八点一上班把相关资料给我,我得做些准备。我放下电话后便赶紧上网搜索招商引资的政策,熟悉益阳市及安化县招商引资的情况,了解相关的数据。

八点不到,我来到办公室,催招商局把材料给我,就认真快速地读起来,把要点、有关数据画出来。还没读到一半,就被通知原本九点的会议提前到八点半。而为了体现对上级监察团的尊重，我提前来到会议室等候。

我在会议室的窗前踱着步，从窗口望出去，县政府门口车辆进进出出，我不知道哪一辆是他们的车。我向廖书记详细地询问监察团三位成员的姓名及他们的职务，但可能紧张吧，一会儿就忘记了。我又问了一遍，同时记在了记录本、手机上，心里反复地默念着。当他们进入会议室的时候，我微笑着与他们握手，说着"欢迎林部长、黄主任、欧科长到安化来"之类的话。林部长的脸，有些冷峻！

我们分宾主坐下，我自然被安排在主位，左右两边是招商局的领导和其他同事。我首先对林部长及监察团表示了欢迎，然后凭着来安化前以及昨晚的突击记忆，简要介绍了安化的情况。介绍完，我拘谨的心情才稍微放松了些。我要给予自己一点肯定，那是因为在前几天我还不断地在讲话、写稿中用着"我司"，而今天我已经能很顺口地说着"我们安化""我们安化人民"之类的词了。在我当县长的第一天，我已经迅速地转换了自己的角色！

我请廖书记汇报安化县第一季度的招商引资情况，他浓重的当地口音让我几乎听不清他在讲什么，但我努力地听着，想抓住他讲的每一个字词。我这才发现，我当县长的第一道难关，并不是工作的繁杂，而是语言的壁垒，它让我既无法听懂别人说什么，更无法表达自己的想法，让我与别人隔着重重障碍！

林部长是益阳市委宣传部调研员，他就是东坪镇人，自然听起汇报来没什么困难，不过他却不太理会廖书记根据书面报告作的汇报。他对东坪的某个招商引资项目插话说，几十年前他还是个孩童时，这东坪有着比凤凰古城更美的古街与临江吊脚楼，还有清澈见底的资江水与水中游戏成群的鱼儿。他说他曾经写过一篇散文《故乡的雾》，写的就是东坪江面缥缈如幻的雾。听着他这些话，我心里便与他有了一点亲近的感觉。

廖书记汇报完，我又根据会议议程作了几点补充，汇报了县委书记、县长及县人大常委会主任对招商引资的重视与近期举动，然后请林部长做指示。他也没有对我们拿腔作调。他讲话的时候，我除了记下他的意见，还更多地记下了他在讲话中间杂着的许多安化谚语、俗语，这些让我感到有趣而生动，我也对这个传闻中难以应付的人顿生了许多的好感。

汇报结束，我和林部长走出会议室时，我向他要《故乡的雾》来拜读，告诉他我也写点散文，请教他主要写什么文体。他说："我喜欢写散文诗。""哟，我们真是有缘啊！我是我们广东散文诗学会的秘书，方便的话，我可以请我们学会的人过来交流一下！""你写散文诗？""散文诗偶尔写，还得向您请教，我平时喜欢写一点散文，我等会儿把我的散文集赠送给您，还请您多指教！"他停下脚步，转过脸看着我，握着我的手说："原来县长是个文化人啊！"本来按行程只由招商局廖书记陪同他参观招商引资项目的，他便要我陪他一起，好和我多聊会儿，我也就顺水推舟跟着去了。

先去参观茶旅集团，林部长一路拉着我说话，不知怎么讲起了书法，我说我偶尔也会写几笔，他便坚持要我把作品发给他看。我把我最得意的两幅作品的照片给他看,他欣赏不已。或许是我们同有写文章、练书法的兴趣,因此滋养了心底里相同的审美志趣,颇有惺惺相惜、相见恨晚、引为知己之意了!在工地吃饭的时候,他拉着我一同欣赏书法作品。即使是菜早已上齐,大家都等着他起筷的时候,他还与我讲个不停,其他人都插不上话,而他也似乎完全忽略了其他人的存在。

中饭后再去参观某茶叶集团,我要政府办的同事赶紧把我的散文集送过来,可惜我的书放在某副局长办公室,他电话不接、信息不回,无法拿到。我便邀请林部长:"林部长不如在安化多留一天?"他当即反问:"今晚可以一起读书聊天?"我俩相视一笑!其实,他笑起来的时候,是那么和蔼可亲!可惜他已安排了当晚去邻县的行程,虽动了心想留下,却也只能遗憾了。

我接到通知,下午我要回县政府开会,先去拜见县人大及县政协的领导,然后接待中铁某设计院的人,我便和林部长道别。他拉着我的手,一定要我抽时间去益阳他的书画室参观,我说一定会把书寄到,也一定会去益阳拜访,也请林部长对我们安化的招商引资多予支持!这位出生、成长于安化,又离开了安化几十年的少有回到家乡的人,答应在我挂职的两年里,会回来看我!我们依依不舍地道别!

在回县政府的路上,我回想与林部长的相识、相知与分别,都在匆匆之中。生命中,有许多这样的人,或许只有短短的相逢,结下的友情却不匆匆!这些友情因为工作而结,却又超越了工作!或许那些所谓的难应付、难亲近，只是榫头未遇上合适的卯眼，对上了就是那么一拍即合。

我匆匆赶到县政府，在政府办主任的带领下，拜见县政协的四位主席和县人大常委会的几位主任。我向他们汇报我的情况，反复地说着请他们多指导的话。

拜见结束，我便去见中铁某设计院的一行人，县人大常委会的伍主任已经在接见他们。他们初次来安化，是国家某铁路计划看能否途经安化，先行勘察。我们在会议室查看地图，看哪儿可以设站，有意向了，便立即驱车去往马路镇与经开区，这是最有可能成为火车站的两个地址。

我在来安化之前便查询过线路，安化已有一个火车站，但它只经过西南的烟溪镇，虽到县城的直线距离只有几十公里，但中间隔着无数的山峰与柘溪水库，下了火车还要绕隔壁县行车四小时。安化有好山好水，物产丰富，但交通却成为短板，如果有一条铁路，安化的发展当健步如飞！在几个意向的点，看着溪对面破旧的木板房，我真恨不得立即看见它变成崭新而高大的火车站。

因为同在央企，我们有许多共同的话题，我以我亲身的经历，向中铁公司的设计师们诉说贫穷带给人心灵的痛苦。我知道这些和我一样农村出身的知识分子会被什么感动！即使不是感动，而是以其他方式能争取到这条铁路，我也愿意！

我知道，不是每一个人都有机会为民请命，而今天，因为我挂职副县长，才有了这样的机遇！当初报名扶贫挂职，今天就该明白，它更包含着为贫困的安化人民争取发展机会的使命。当官为民，才是最自豪与骄傲的！虽然我力量微薄，或许在这条联通张家界与长沙的铁路开通的那一天，我早已离开安化，但我仍会为我今天参与了、做了一点努力而自豪，为自己曾经为安化人民努力争取了利益而骄傲！我当更加珍惜今天这样的机会！

  我八点多回到宿舍，结束了当县长第一天的工作。这是辛苦忙碌而又满含着友情、充满自豪感的一天，也是经受了严峻考验又顺利完成使命的一天！

2017 年 4 月 18 日

知青岁月如风,扶贫经历如雨

正如高尔基说的:"仅次于选择益友的,就是选择好书。"

2017年4月,我被派往湖南省安化县扶贫,挂职县委常委、副县长。到安化后不久的一次县委常委会上,书记向我们推荐了《习近平的七年知青岁月》,这本书伴随了我两年的扶贫岁月,也留给我一生最宝贵的财富。

湖南省安化县是靠近湘西的一个国家级贫困县,总面积4950平方公里,是湖南省面积第三大的县,山地面积达82%,是典型的山区县、库区县,交通极不方便。我一早从广州出发,翻山越岭到达县城的时候,已经是傍晚时分,人非常疲乏。我看着窗外暗淡的天色下,一条灰色的街道,还有一团雾气笼罩着山头,我的心情相当沮丧。

我在灯下细细地品读这本书,我看见在那极不平静的1969年,在艰苦的生活中,他与当地农民打成一片,融为一体。在陕北黄土高原上留下自己深深的脚印，在这里成长，并从这里走向更广阔的天地……

看到这里，我情不自禁地开始反思自己，从城市到贫困农村的生活改变，从安稳的企业管理岗位到乡镇干部的身份转变，我何尝不是新时代的"知青"？我理应比那个激情澎湃的热血少年更能安心于农村工作，何况我还曾经在农村生活过呢！一切都无比熟悉，我为什么不能像他一样，与农民朝夕相处，去了解农民的生活、愿望和喜怒哀乐呢？即使可能遇见身体与心理的磨砺，但这不正是一条深入了解国情，了解我们这个国家和民族的根之所系、魂之所在的极好道路吗？

面对逆境，人最需要的，就是这样一种幡然醒悟！我开始沉下心来思考，抬起头来前行。

我用了半年时间，走遍了安化全县23个乡镇100多个行政村，我对安化的了解已经远甚于对我家乡的了解。安化有着占世界85%的冰碛岩，这正是茶树生长的最好土壤环境之一，而安化黑茶确已有了千年历史，茶树在"山崖水畔，不种自生"。在此次调研基础上，我第一次提出了对黑茶产业进行全产业链扶持的建议。从建茶苗基地免费发放茶苗，到援建茶园、茶叶收购、加工、销售，再到茶企管理培训、茶艺师培训，援建黑茶博物馆，大力推广黑茶文化，我们的产业扶贫走出了一条特色之路，并且入选2018年"企业精准扶贫50佳案例"。当我走上山顶，看见"万亩茶苗成锦绣"，顿有"千家茗品慰初心"的感觉。

把心留在这里,为老百姓办好事,这不正是我来安化扶贫的期待与愿望吗?!

那一天,我忙得晕头转向,但我仍然坚持去见了中铁某设计院的一行人员,与他们一同讨论铁路线路。我带着他们奔波在山路上,去往几个乡镇,选择最合适的火车站地址。因为同属央企,我与他们便有了许多共同的话题。我以我扶贫的经历,向中铁公司的设计师们诉说贫穷带给安化人民心灵的痛苦,我知道这些和我一样农村出身的设计师们容易被什么感动!即使不是感动,而是以我的任何努力能争取到这条铁路经过安化,再苦再累也是值得的!要知道,所谓的安化火车站,它只经过县域西南偏远的烟溪镇,到县城的直线距离虽只有几十公里,但中间却隔着绵延的雪峰山与柘溪水库,还要绕隔壁县行车四小时才能到安化县城。安化有好山好水,物产丰富,但交通却成为短板,如果有一条铁路,安化的发展当健步如飞!我知道,不是每一个人都有机会为民请命,而今天,因为我挂职副县长,才有了这样的机遇!当官为民才是最自豪与骄傲的!虽然我力量微薄,但只要我努力了,在这条联通张家界与长沙的铁路开通的那一天,或许我早已离开安化,但我会为我今天参与了、做了一点努力而自豪,为自己曾经为安化人民努力争取了利益而骄傲!这是我扶贫、短暂从政的骄傲!

安化,是一个偏远的山区县,它不只是一个相对城市而言的地理概念,更是我的精神寄托。安化,和我的家乡一样,是我的精神家园。只要游子的心脏与农村共颤,农村这广阔的天地就会给予他智慧、胆略、勇气，人民就与他血肉相连，滋养他的精神。无论谁，尤其是干部，我们的根一定要在农村，我们都是大地的儿子！

我常读《习近平的七年知青岁月》，也常回想我两年的扶贫经历，回想我的思想转变。一个时代的青年，它的成长有其特定的方式，我和那些与我一样有扶贫经历的人们，也在这具有时代特色的经历中成长。但无论怎样，与农民休戚与共，与土地血脉相连，一定是一种正确的成长方式，一定会让人收获无比珍贵的人生财富。

知青岁月如风，扶贫经历如雨，经历了风雨，才更加坚强，更有勇气，更有希望！

2020 年 8 月 10 日

茶是有生命的

又是一年黑茶开园节,遥远的安化芙蓉山上,群峰迤逦,奇岭叠秀,茶园流翠。采茶姑娘们的笑语甜悦,犹如山中鸟儿鸣啭,梅山大戏在锣鼓声中开排……

我收到安化寄来的快递,是一包绿茶,透过那一方纸袋,可以看见青绿的条索,紧结圆直,挺细秀丽,绿润显毫。显然,这以芽尖为料,赶在清明前做好寄给我的,是用心而成的好茶。

我并不认识快递单上的寄茶人。这是谁呢?我在安化扶贫两年,认识或帮扶过百多家茶企,却没有这个名字的。

我还是要表达谢意的,便按快递单上的电话打过去,对方说是庄村的谌支书寄的,我立即想起谌支书干练的样子。虽然已经一年多没联系过,他爽朗的笑声仍时常在我耳边响起。

"谌支书!好久没联系了!"

"蔡县长,你回安化了?"

"没有。感谢您给我寄的绿茶啊!"

"不是我寄的,是珍嫂子要我帮她寄给你的!"

"珍嫂子?"

"我们村的边缘户!得青光眼的!我还陪你去过她家的!"

"想起来了!"青光眼这个词,让我的记忆立即弹开了束缚,绽放着在安化扶贫的时光花丛。

2018年5月,脱贫攻坚正如火如荼,庄村要实现贫困村出列,贫困发生率必须降到2%以下,我也从县里来驻村,与贫困户同吃同住同劳动。谌支书跟我讲到对村中贫困户的帮扶时,很为边缘户鸣不平:"扶贫资金都给贫困户了,那些边缘户难道不应该也要帮扶吗?"他说的有理,当时在精准识贫时,这些边缘户在贫困边缘,有的甚至让出了贫困户名额,他们其实也需要帮扶。看到对贫困户帮扶力度之大,有的边缘户就后悔当初没有争当贫困户。不过好在县委也注意到了这个情况,安排了对边缘户的慰问,这也是我此次驻村的工作任务之一。谌支书建议我明天去珍嫂子家慰问,我同意了。

第二天一早,我站在村部坪前等谌支书。一会儿就见他骑着摩托车过来,哧溜一声在我面前一个大飘移掉了个头。

"上车吧!"

"开车去?"

"是的,到珍嫂子家去!"

"她家什么情况?"

"一个青光眼的女人!"

摩托车载着我俩往五公里外的另一个自然村去。

湿润的风吹过我的脸颊,吹起了我的衣衫,台地的茶树一畦一畦的,我仿佛能感受到茶树的伸展,在它的体内,涌动着拔节的声音,借助阳光和雨露,抽出鲜嫩的绿芽。采茶的女人,一叶又一叶,一把又一把地采摘,塞满篾制的箩筐,仿佛要将丰收和喜悦收纳了。

摩托车停在路口,一条之字形的块石阶梯通往半山岭上的一座木房子。刚开始往上走,谌支书就大声喊了起来:"珍嫂子,蔡县长来看你了!"一个个子不高的女人出现在我的视野中。

我责备谌支书不该大呼小叫,让一个盲人从屋里走出来迎接我们,而他似乎一点不在意。

我们走上阶梯,是一个坪,很平整。坪的一边支着两个树杈,叉着竹竿,竹竿上挂着衣服,迎风招展。她迎着我们走过来。我看见她双脸轻合,眉毛却努力地抬了一下。我知道,她极力想看清我的样子。

我上前握着她的手:"珍嫂子好!来看您了!"

"谢谢您来看我啊,这么远还来看我们。"

"不麻烦您出来接我啦!"

"不要紧了!我一听到摩托车声,就知道谌支书来了,我就赶紧出来。"

她拉着我跨过门槛,进到堂屋里。她准确地拉着我坐到了小茶几旁的凳子上,"我去给你们泡茶!"我正想拉住她,谌支书用手挡住了我，看着我轻轻地摇了摇头，挑了下眉，我明白他是要让她去。"好啊！泡点明前绿茶吧！"珍嫂子转过身，向墙边的桌子走去。她似乎摸索了几下，转身过来的时候，左手拇指和食指握着一塑料筒纸杯，中指和无名指夹着一袋茶叶，右手提着热水壶。她熟练地从小塑料筒里取出两个纸杯，撕开茶叶袋，抓了一小撮茶叶放入纸杯，放下纸杯，右手拎起热水壶，左手拔出壶塞放在桌面，再拿起纸杯放在手心，五个手指像一朵莲花护住杯身，右手水壶里的水便汩汩地倒入杯中，杯子里的水带着茶叶浮起，在八九分满的时候，倾泻而出的水戛然而止。她这一连串的动作，娴熟轻巧，一气呵成，让我根本无法相信这是一个患了青光眼而失去视力的人所能做出的。

一片片茶叶在热水中翻腾，犹如一个舞者在水中翩跹，在水中游骋，清香的气息散发而出，这一刻，茶与水是最美的相逢，茶是有生命的，水是有灵性的，就如我来到这个院子，见到这人。

这时，珍嫂子的丈夫回来了。他一瘸一拐地进来——他得过小儿麻痹，腿脚不方便。珍嫂子小声地说了他几句，大概是嫌他回来迟了吧，他便说工地上还没完工，不好先走。

我岔开话题，向她了解情况。据她讲，生了女儿后，她的视力越来越差，医生提醒她不能再怀孕，但她还是生了第二个小孩。儿子出生后她就几乎失明了，无法带孩子，只能靠丈夫打零工治眼病、养小孩。好在丈夫肯干，她也勤俭，多年来勉强维持着一家的生活。精准识贫时，夫妇认为自己不是最穷的，坚持把贫困户的名额让给了他人。但女儿读高二、儿子读高一了,他们已负担不起两个孩子的学杂费,他们成了比贫困户更贫困的一家。

教育扶贫是扶贫工作中做得最好的一项,除了政府的各项政策,大量的慈善爱心人士都以自己的方式默默地做着贡献。已经有两位个人资助她两个孩子每月的生活费,有两家企业承诺负责两个孩子大学期间的费用。她心底对资助人感恩,对将来已无担忧。

是的,虽然她的眼睛已看不见万物,但她却能预见得到这个家的光明前途,只要等孩子们大学毕业参加工作,家庭情况就会立即改善。

虽有人资助孩子们的生活费,但毕竟资助有限,他们夫妇除了要养活自己,也想改善孩子们的生活条件。他们必须更努力地挣钱!

我一边与珍嫂子说着话,一边用余光察看着屋里的一切。这是令人惊讶的一切!

门口用竹子做的鞋架上,整齐地摆放着一双双干净的鞋子,桌子上的热水壶及各种杂物如列队的士兵,准确地守着自己的位置,排列如方格一般整齐,墙上的钉子挂着各种物件,虽然养花草的瓶子罐子大小不一,却站成了一条直线。无论在县城还是在村庄,这是我在安化见过的最整齐洁净、最井然有序的家庭。

我的惊讶也让我感觉到绿茶的清香,"这茶很香啊!好喝!"

"蔡县长您喜欢?"珍嫂子开心地反问。

"喜欢啊!"

"哎呀,只有些碎末不好意思给你!明年我多做些再给你吧!"

"谢谢了，真不用了！"我客气道。

我送上慰问金，告辞珍嫂子，和谌支书一起回村部。我很疑惑地问谌支书，珍嫂子怎么能做到这么熟练地斟茶？

谌支书笑了笑说："你注意到她斟茶的姿势了吗？手心托杯，五个手指能敏锐地感受到水温，就算冷茶，她也能感觉到重量的，所以她不用看也知道水杯满到哪！"

"那她眼睛看不到，东西怎么摆得那么整齐？"

"哈，你没发现吧，那钉子的高度，就是她站起来的时候手垂下的位置啊！"

我顿时明白了，生活也是有技巧的，只要有心，生活的技巧就是她的眼睛，带给她光明！扶贫工作中，我特别敬佩那些不向贫困屈服，在青山绿水中奋斗，努力而勤奋的人！珍嫂子就是这样的人！

又是一年清明，我离开安化。

珍嫂子的绿茶在沸腾的水中旋转而舞，清新而从容。我相信茶是有生命的，一如融入了我骨骼和血液中的安化山水，时时唤醒我的向往，温暖我的寒窗。

2021 年 5 月 6 日

留给这个世界的最后一份礼物

我一直担心着一个安化女人！这种担心,与血缘无关,与感情无关,只是对这个世界的一种无奈！直到现在我也不知道她的名字,但她确实让我担心。我担心她的生命会戛然而止,像一片树叶被风吹起,消失在这个世界;又像一颗星星,渐渐地暗淡,泯灭在宇宙里。

市里要求我们扶贫干部与贫困户同吃同住同劳动,我来对口联系村的次数就更多了,尤其是贫困村退出验收时对边缘户的摸查行动,让我与更多的村民有了接触。

村干部要带我到她家去,我没有反对。走在村里的水泥道上,寒风凛冽,直入胸怀,我把羽绒服拉得更紧了一些。拐上一段泥路后,我更加小心,还未化尽的积雪打湿了地面,许久没有人走的路上,有些青苔。我的鞋子打滑了几次,还好没有跌倒现狼狈。

来到她家时,她正坐在破旧的木房里,火盆上没有一点火星。这湘西北的冬天,没有火是挨不住的。我来到安化,本不打算烤火的，但禁不住严寒的逼迫，也习惯了一进门就找火。她并不知道我是副县长，只知道是政府来人看她，热情地招呼我们坐。

她家的厅实在太小了，还堆放了许多杂物，完全坐不下我们几个人。她有些不好意思，拉我们坐到门外的一张方桌前，这里一面靠墙，一面背着楼梯，另一面用三色的塑料布围着。她去里屋拿了个电热器来，放在罩布里，才有了一些暖气。

她坐在我旁边，我能看见她粗糙的脸，黑红黑红的，那应是阳光在她脸上留下的颜色。她告诉我她一家四口，儿子在外打工，儿媳带着小孩在镇上读书，家里只有她一个人。

村干部补充说她老公几年前得肺癌死了，女儿出嫁了，很少回来看她，她也得了病。我突然发现那三色塑料布的暗红，与木屋厅里摆放着的棺材的油漆颜色是如此相近，我的心里一阵恐惧。

"你是什么病？"

"直肠癌，晚期了。"

"每个月要多少药费？"

"六七百块。"

她从口袋里拿出一张纸条，是村里及派出所出具的证明，她凭此证明才能从医院买到吗啡。她告诉我，平时身体就非常疼，但都忍着，睡不了觉，有时就用东西顶住，实在忍不住了，才吃一粒吗啡。我知道，这是政府为了合理使用吗啡，不让某些人上瘾，控制、限量出售的。

趁她走开，村干部悄悄地告诉我：医生说她只有6个月了，随时都会死。我问为什么没有把她评为贫困户？村干部解释说因为她儿子前几年在镇里买了商品房方便孩子读书，虽然房子破旧也很便宜，但根据政策就不能评为贫困户了。我听了，有些无语。

她回到桌前，又聊了会儿她的生活，她才得知我的副县长身份，顿时高兴起来，说着一些感谢政府的话，这倒让我一时不知跟她说些什么了。我只好说些安慰的话，也委婉地请求她多理解我们的扶贫政策，多多支持村干部的工作。其实，我知道这些虚话解决不了她的实际贫困，对于身患重病的她是没有多少帮助的。

她反倒安慰起我来："你放心！我知道怎么说的！我们的村干部也不容易，为村里操了很多心！"

我从裤兜里掏出200元，塞到她的手里："大姐，谢谢你了！你多保重身体！来看你也没带东西来，你自己买点东西吃！"我没有想到，我的这句话，让她突然就激动地号啕大哭起来，嘴角扁翘，脸都变了形。她拉着我的手，一边哭一边说着连累了政府的话。她的手很粗糙，也很有力。我从来没有被一个陌生的女人这样用双手紧紧地攥住，非常不习惯，但是我没有把手抽出来，而是由她握着。在一个生命行将结束之前，只要她能感受到这世间的美好，我还有什么理由拒绝她呢？

她的情绪慢慢平复，但直到我起身，她还偶尔地抽动一下身子。

我离开她家，我知道她在向我挥手，但我不忍再回头看。我不愿意看见死亡，我希望她能活得更久，因为生命即使微小，它最小的瞬间也比死亡更强大。

在路上，村干部告诉我，她耕了几丘田，栽玉竹种番薯，每天下田，特别勤劳。带我去她家，是因为她对村里、镇里、县里从不抱怨，从不诉苦。只可怜她在田间，十几分钟就要上一次厕所，用碘伏擦洗流出的脓血，还坚持着劳动……

面对随时可能到来的死亡，她乐观地过着每一天，从不抱怨，或许这是她留给这个世界的最后一份礼物。

第二年初夏，我离开安化回到了广州，我惊喜地知道，她还每天下田，只是，我仍然担心她。

2019 年 5 月 27 日

故　事

与一个人交往，就是一段故事，但是，你知道故事的开始，却永远猜不到结局！

我翻看着扶贫工作日记，记起了廖双初与我相识的开始。

我到安化扶贫挂职工作不久的假期，妻子来探亲，因为她是老师，教育部门的同事们热情地请我们吃饭，还把她们的领导——教育和体育局副局长廖双初叫来作陪。

我心理上觉得他是领导。我最怕和领导一起吃饭，不说吃饭时的拘谨，单说落座时的谦让，就让我有些受不了。而那天的问题还在于我酒量很差，几小杯酒下去，就满脸通红，过敏得厉害，而他仍以一贯的安化人的热情来敬我酒，我实在有些受不住，便推辞了几杯。酒桌上的这种推辞，对于领导与兄长，无论从礼仪与气氛上，都无异于一种拒绝，我估计我们也就是一餐饭之交吧。所以，我不明白为什么那些同事都说，我与他会有共同的话题，有得聊。

过了几天,我接到他的电话,他说要来向我求书。那时我刚出第二本散文集《家园回望月满山》,带了一些去安化。他来的时候,先是捧上了他的《行走有痕》,我才知道,原来他是散文家。

我恭敬地在扉页上签名,把书赠送给他。我们坐着聊了会儿,聊教育扶贫,也聊散文创作,颇有相见恨晚的意思。

我喜欢他的文章,不装高深,不卖弄技巧,也没有华丽的文字,但有真诚与坦率,文的力度、字的温度和章的锐度都在这朴实无华的风格中体现出来。他不为阅读者设置阅读障碍,正是这样的品质,才让他拥有众多的读者。

我知道,散文是一个人的内心独白,是对这世界的一种亲近。我喜欢写散文的人。我与他能一见淡然,再见如故,不是因为散文写作这一肤浅的交流,而真正的是因为内心世界的相近,还有价值观的认同。

他歌颂家乡的樱花,极尽色彩,极尽浪漫:"聚居在一块,芳花群放,映红了山里的太阳温馨的笑脸。相拥在一起,莺莺燕燕,成为山谷中另外一种喧嚣。"他还感叹:"人世间每一个熟视无睹的旅途,同样都有太多太多美好的东西,他们总是在我们的不经意间匆匆而来,又在我们的疏忽大意中匆匆而谢。"

他带我去他的家乡唐家观,一个千年古镇。去年的洪水,冲垮了河堤,冲毁了许多的农田,他痛心地站在溃坝前向我描述这个地方一年四季的美,还有他少年时期在这里的欢乐时光。他四处奔走着,筹措资金,要筑起堤坝,护住他的记忆与精神家园。他又出版了第二本文集，就叫《遥望唐家观》。

我认可的这个热爱着家乡的人，这个悟透了刹那与永恒、短暂与亘古的人，不正是我自己吗？

有一位朋友，利用一条绕道江西，经过广东，再到湖南的辗转而又长长的关系找到我，要我帮他解决教师妻子工作单位的问题。她的学校在另一个镇，离家很远，因这情况提出调换学校倒是可以理解，因为他们的孩子小，需要照顾。但我也有点为难，毕竟她还不符合调动的年限，便推辞了。但他一家人，在某个夜晚，在县政府门口一直等我，直到十点多我回来才见到我。他的母亲哽咽着向我诉说媳妇离家远而给孙子带来的不便，说着说着便要向我跪下求我。我一把拉住她，心软地答应去尝试一下。

我找到廖双初，把情况跟他说了，他指出教体局有规定，必须按规定办，这是委婉的拒绝。我此前的心情很复杂，既想帮忙又想遵守规定，而他的拒绝让我反而安定了下来。我没有责怪他，相反，对于他的底线与原则，却是内心由衷地敬佩。

第二年，他主动问我，那位老师已经符合年限规定，是否还需要调动，得到肯定回复后便帮忙解决了问题。

我欣赏这样的人，也敬佩这样的人，在他人生途中的每一个足迹，都被灵魂的光芒照耀着！

我们渐渐地有了更多的交往，我也时不时地参加安化作家们的一些聚会，他在的时候总也乐意叫上我。那是一个大雪天的晚上，我们五个人踏雪而来，围在一起吃饭，喝点小酒暖身，聊着文学上及生活上的琐事。他跟我们讲故事说笑话，屋子里暖融融的，颇有点红泥小火炉的感觉。当我们走出屋外，厚厚的积雪在脚下吱吱作响，他穿上了我送给他的防滑钉鞋套，像个老小孩一样，放纵地迈步走着，还大声又开心地笑我们走得笨拙。他除了当面感谢我，还写了一篇散文，记录下那晚我们的欢乐与友谊！

他是局长，他把更多的精力放在了教育管理上。他没有到我这儿来跑过项目讨过资金，但我反而非常乐意把更多扶贫资金投入到他在的部门——安化的教育扶贫中去，我们俩也因此有了更多工作上的联系。我离开安化前的最后一次公务活动，就是与他一起参加滔溪镇上马完小的图书室揭牌活动。我们曾经一起走在下乡的崎岖山路中，一起看过偏远的学校，一起交流过贫困山区教育的方向，他为安化教育不辞劳苦奔走着的坚定步伐与高大身影，留给我永远的记忆！

但有时，我也真为他着急。

我代表县委到教体局参加他们领导班子的民主生活会时，他这个不是党员的领导也被通知列席。他显然不懂民主生活会的程序，更不懂批评与自我批评的技巧，虽然他不需自我批评，但他还是在批评的环节，<u>丝毫不回避地指出其他班子成员的缺点</u>。

他的表现，让我领会了他说自己缺点多、人太直，许多时候口无遮拦，不适合在官场混的话了。不过我认为他并无不妥，他的意见其实并不尖锐，而且都是实话。要依我的想法，我更愿意开一个坦诚、尖锐而不做记录的领导干部民主生活会。

他是一个纯洁而可爱的人,在政治上保留了童心与初心!

我离开安化回到广州,恢复了我往日的平淡的生活。偶尔写点小文字,便兴冲冲地发给他看,与他交流。他便忙碌着帮我修改、向编辑荐稿、寄样报给我,交往倒多了起来。

我虽然离开了安化,却感觉他就在身边。

我与廖双初兄的交往,就是一段还在继续着的故事,曾经或以后,我不断增多的皱纹就如一本翔实的日记,绝无遗漏地记录着我们在时光流逝中的交往。

2019年6月20日

果果岛上，星星遗落人间

人与人的相识，有时真不可捉摸，就如天上的星星，有的光芒互映，有的动如参商，但如果你遇见一个星星般的女子，你会觉得即使在广袤的夜空下，这世界也很明亮！

我与贺文英的初识，就有些奇特。那一天，在县政府大院里，迎面拦住我的那个女子，我并不认为是要和我说话的，因为我到安化挂职扶贫才几天，很少人认得我。

"你是蔡县长吗？"

"是的，您是？"

"我是纪委的小贺。"

"您认识我吗？"

"我在书上认识你了！"

她说在书记的办公室看到了我的书，并且看过简介中我的照片，觉得对面走过来的这个陌生人就是我。

正是以一种被拦截的方式相识，所以才印象深刻。她没有湖南女子常有的泼辣与大胆，倒显得很文静，脸上带着笑，说话声音柔细，但眼睛明亮，或许这正是她对生活的态度。

我那时在安化朋友很少，便偶尔约她到江边散步。微风轻拂，空气里有暗香，从罗马广场的天台往下看，江水静静地流，月光洒在地上，照得她一身白。因为有写作上的共同话题，我们相谈甚欢。她谈创作时的神情，很专注，很纯洁，很快乐！那一晚的月色很美，但她本人的故事并不美，我知道了她经历的坎坷与不幸，而那些似乎都没有给她带来很大的影响。我知道她很忙，经常加班，她负责的纪委宣传工作在全市中名列前茅，在各类报刊中发表的文章、报道也最多。为了孩子，她每个周末都往返两地之间。我们即使是在同一个大院里办公，也很少见面。

再见到她，是在她的家乡南金乡，当时正举办安化首届柑橘节。早在1985年，南金宝塔山柑橘便荣获农业部优质水果"金杯奖"，还曾被选为北京亚运会的特供柑橘。我从柘溪乘船而上，雪峰山水库的两边，一片片橘林漫山遍野，黄澄澄的橘子像一只只小灯笼吊在树上，也为节日添彩。香甜的气息混合着潮湿的空气，弥漫在整个库区。

她正在摊档上卖柑橘，很开心地介绍着果果岛和岛上各类产物，如数家珍。我本说要去看看她的父母，可惜未能成行。尝了一个她家的橘子，确实比别家的要甜一些。果园是她的父母在打理，在柑橘价格低廉时，很多人都把树砍了种植其他经济作物，只有二老一直坚持打理这些橘树,让它们每年都焕发新貌并结下果实。他们饱含着对这片土地的深深热爱与不舍,历经千辛万苦坚守基业,终于等到了产业兴起的春天。

我发了些柑橘美图在朋友圈,长沙、广州的一些朋友感兴趣,我都让他们直接联系她。

她是湖南省作协会员,对文字的感悟与把控能力很强,安化作协的老前辈们都特别欣赏她。每个人的人生或多或少都会经历一些磨难,有人喜欢述诸笔端,有人则放在心里慢慢消化。她属于后者,读她的文章,总能带给人一种亮色的快乐,丝毫没有沾染上她不顺的经历。她在《星星树》里写道:"橘子是天上的星星遗落人间,这么多年来,我一直热衷用此比喻来描绘家乡的橘子,对它们的情感,就像心中住进了无数喜欢的星星,无论走到哪里,无论前方的路有多黑暗,都能让人通透明亮,从而无端生出沉稳之气,那是只有温暖的家才能给予的力量。"后来与她见面,我们又多了一个可聊的话题,关于橘子,关于果果岛。

我便向往起她笔下的果果岛了,那个带给她无限快乐的童年小岛,那个带给她酸甜味的少年乐园。我知道,这果果岛上满山的橘树,满树的柑橘,给人们美丽与甘甜;但它们也像人一样,不是每一棵树都那么执着,可以开花、结果,不是每一颗柑橘都那么幸运,能让吃到的人欣赏。而她就像夜色中果果岛上空的一颗星星,快乐地闪耀着自己的光,清幽而安静。

文友之间偶尔会搞些小聚会,既交流心得,也联络感情,我印象最深的是下大雪的那一次。我们五个人踏雪而来,围在一起吃饭,其间喝了点小酒暖身,大家畅聊着文学上及生活上的琐事,真有点"绿蚁新醅酒,红泥小火炉"的妙趣。当我们走出屋外,厚厚的积雪在脚下吱吱作响,她不停招呼大家小心些,别滑倒。积雪映着天空的小弯月,那一瞬间,她又像停落在雪地上、落在朋友们身边的一颗星星,小且雀跃着。可惜她后来与其他文友几次约我,我都因为出差在外,无法参加。

　　离开安化前的最后一晚,我与一众文友在一起。当我见到她时,感觉很诧异,因为她一直在长沙有事,已向我"请假"了,但她还是赶回来送我了。我问她,老了以后有什么打算,她说:"等我有一点钱,会在果果岛上建一栋房子,那时候再欢迎你到果果岛来!"我说:"上次应该先去看看,以后再去,就能感受果果岛的变化!"

　　我突然想起了去年冬天的一个三更半夜,雪粒沙沙地下,她被雪吵醒,而我被雪映的星光晃醒了,我们在微信里简单地聊了些近况,便互道了晚安。这样寒冷的夜晚,我与她,就如两颗星星一样,虽然很近,却保持着距离,这是星星之间能相互闪亮着的最好位置。

　　离开安化时,春天已接近尾声,再过些时日,秋天也会近在眼前。那时,柑橘熟了,果果岛以金澄澄的热情迎接她的回归。我相信,她一定会在果果岛上建一栋房子,愉快地生活着。她于我,就如天上的星星遗漏在果果岛上,可能就是永远的远方了!

2019 年 6 月 5 日

直坚持打理这些橘树,让它们每年都焕发新貌并结下果实。他们饱含着对这片土地的深深热爱与不舍,历经千辛万苦坚守基业,终于等到了产业兴起的春天。

我发了些柑橘美图在朋友圈,长沙、广州的一些朋友感兴趣,我都让他们直接联系她。

她是湖南省作协会员,对文字的感悟与把控能力很强,安化作协的老前辈们都特别欣赏她。每个人的人生或多或少都会经历一些磨难,有人喜欢述诸笔端,有人则放在心里慢慢消化。她属于后者,读她的文章,总能带给人一种亮色的快乐,丝毫没有沾染上她不顺的经历。她在《星星树》里写道:"橘子是天上的星星遗落人间,这么多年来,我一直热衷用此比喻来描绘家乡的橘子,对它们的情感,就像心中住进了无数喜欢的星星,无论走到哪里,无论前方的路有多黑暗,都能让人通透明亮,从而无端生出沉稳之气,那是只有温暖的家才能给予的力量。"后来与她见面,我们又多了一个可聊的话题,关于橘子,关于果果岛。

我便向往起她笔下的果果岛了,那个带给她无限快乐的童年小岛,那个带给她酸甜味的少年乐园。我知道,这果果岛上满山的橘树,满树的柑橘,给人们美丽与甘甜;但它们也像人一样,不是每一棵树都那么执着,可以开花、结果,不是每一颗柑橘都那么幸运,能让吃到的人欣赏。而她就像夜色中果果岛上空的一颗星星,快乐地闪耀着自己的光,清幽而安静。

文友之间偶尔会搞些小聚会,既交流心得,也联络感情,我印象最深的是下大雪的那一次。我们五个人踏雪而来，围在一起吃饭，其间喝了点小酒暖身，大家畅聊着文学上及生活上的琐事，真有点"绿蚁新醅酒，红泥小火炉"的妙趣。当我们走出屋外，厚厚的积雪在脚下吱吱作响，她不停招呼大家小心些，别滑倒。积雪映着天空的小弯月，那一瞬间，她又像停落在雪地上、落在朋友们身边的一颗星星，小且雀跃着。可惜她后来与其他文友几次约我，我都因为出差在外，无法参加。

离开安化前的最后一晚，我与一众文友在一起。当我见到她时，感觉很诧异，因为她一直在长沙有事，已向我"请假"了，但她还是赶回来送我了。我问她，老了以后有什么打算，她说："等我有一点钱，会在果果岛上建一栋房子，那时候再欢迎你到果果岛来！"我说："上次应该先去看看，以后再去，就能感受果果岛的变化！"

我突然想起了去年冬天的一个三更半夜，雪粒沙沙地下，她被雪吵醒，而我被雪映的星光晃醒了，我们在微信里简单地聊了些近况，便互道了晚安。这样寒冷的夜晚，我与她，就如两颗星星一样，虽然很近，却保持着距离，这是星星之间能相互闪亮着的最好位置。

离开安化时，春天已接近尾声，再过些时日，秋天也会近在眼前。那时，柑橘熟了，果果岛以金澄澄的热情迎接她的回归。我相信，她一定会在果果岛上建一栋房子，愉快地生活着。她于我，就如天上的星星遗漏在果果岛上，可能就是永远的远方了！

2019年6月5日

与一个男人的共同秘密

我与一个男人,有共同的秘密!

人总以为自己知道很多东西,却从来不知个体都是时间的过客。无论我是否把这个秘密记录下来,这个秘密的生命都比我长,它将永远存在,犹如那个男人的精神一样。

那是2018年的春天,在一个大雨滂沱的深夜,子时已过,我接到一个电话。对面的声音很低沉:"蔡县长,我给你60万元在安化教育扶贫。"那时的我在安化这个国家级贫困县扶贫,正四处筹措资金。闻听此言,我欣喜若狂,但我也不相信天上会掉馅饼——一个电话就给我60万元,难道是诈骗?但不是,手机屏幕清楚地显示着他的姓名,这个电话正是他打来的,他是我的一位做企业的朋友。他的嗓音,也正是我熟悉又常常听到的声音。

莫不是他喝醉了酒?他喝酒,偶尔会喝多。我也曾在深夜里接到醉酒的朋友打来电话,滔滔不绝又舌头打结地讲着话,然后第二天自己都记不得跟我说了些什么,甚至坚决否认打过电话。但他口齿清晰,语气坚定,似乎容不得我稍有怀疑。

"你确要捐资60万元教育扶贫?"

"是的,请你帮我实现这个愿望!"

"为什么把这笔钱给我?"

"我信任你!"

"那我以你的名义设立一个基金吧。"

"不用了!"

"那我明天请县委宣传部为你报道一下!"

"不足为外人道,(当作)你我之间的秘密吧!"

两个男人之间几句简单的交流,便把这一项复杂而又艰巨的事情谈妥了。随后的几分钟里,我的手机便有一声又一声的提示,那是一笔又一笔款项到账的声音。我如梦初醒,这才切实地感到初时的惊喜转化成了肩上的重担,但我并不觉得辛苦,因为这担子是由一个男人的爱之心构成的。

从此,我在安化扶贫,便多了额外的责任感。我不敢辜负了他的信任,因为我知道,他曾经有过辛酸而痛苦的童年、少年求学经历,差点失学,是因为一位好心人的扶助,他才上了大学,有了今天的成就与财富。

我一丝不苟地考察贫困学校,核实贫困学生,严格填表制度,规范发放程序,这笔钱最终到达300多个孩子的手中,到达许多的学校。

他和我有共识，并不强求受助孩子的感恩。感恩是一种内心发愿，像种子在春天雨露中自然发芽就好了。我们只希望孩子们能感受到这世间有许多有爱之人在时刻关注着他们。愿孩子们如他一般，最终发现人生的意义就在于善的回环，困难时得益于他人，有能力时回馈社会，帮助其他有需要的人！

我一直觉得特别对不起他，他资助了如此多的学生与学校，却从没有人知道他是谁。即使我把资助的情况向他反馈，他也从来只是微笑着说："我相信你！"此后的每一次相见，我们都会紧紧握着对方的手，无须言语，目光就足以传递两个男人之间的信任与感谢！

其实，保守一个秘密，有时是非常痛苦的，那是一种欲说而不能的压抑，一种不吐不快的阻滞。所以，虽然他一再制止我，但我还是忍不住想透露一丝我们的秘密。

我想说出他闪亮的名字，但我不能，我只能把它巧妙地嵌入某段文字中，让世人永远记住；我想描述一下他英俊的面容，但我也不能，我只能看见他如乡间木子树般身躯挺拔，让世人深深景仰；我想说出他的职业，但我也不能，我只能帮助他把爱洒向安化，抚慰着这世间。

又一个春天，在我离开安化的时候，这成了唯一一项不需要交接的工作，因为这是两个男人的秘密，无法移交。

安化，有秀美的山水在深情呼唤，有熟悉的朋友在热情相约，但我知道，再回安化，已只是美好的愿望，离开就可能永别。时光总是鲜活的,我期待这一个秘密,以及这个秘密带给我的感动,能让我回忆起安化时,有一种重重叠叠、厚重柔软的黑茶之香。

    你的名字深藏在我的心里,
    一旦有人提及,
    我会一阵阵地战栗,
    很难很难复归原先的静寂。

    是谁在我的宇宙呼唤你,
    把我澎湃的心潮涌溢,
    是谁在前生的一不经意,
    让我陷入了今生的迷离。

    岁月深藏在了井底,
    你早已忘记那些爱的痕迹,
    时光掠过青苔屋檐,
    我还能数得清你手掌的纹路清晰。

    闭上眼你就是我能看到的世界,
    所以从来不问你与我的距离,
    敞开心就拂来你微风般的呼吸,
    我听得见我的心跳融在了一起。

把心思都藏进了梦吧,
不怕那季候风吹过几个世纪,
因为每个人都知道你是我的唯一,
这是我今生最大的秘密。

2019 年 5 月 23 日

从安化到波密

从安化县的最高峰九龙池出发,到波密县的明朴不登山,跨越了2500公里。是的,我就是跨越了如此长距离、从中国版图中部的一个贫困县来到西部的贫困县的那个人。

又是一年暮春,我结束了我在湖南省安化县两年的扶贫挂职工作,登上九龙池。俯瞰连绵的群山,这片美丽带给我激动、贫穷带给我心恸、奋斗带给我感动的土地,令我依依不舍。这座湘中第一高峰海拔1622米,终年云雾缭绕,冰碛岩上长出最好的茶叶。黑茶成为安化的第一产业,带动着全县脱贫。

我回广州参加了广东省散文诗学会携手波密县开展的文化援藏活动,认识了李副县长。我有着与他同样的经历,我们家都在广州,只是我代表单位去湖南省安化县,他代表广东省广州市去西藏林芝波密县扶贫,我们相谈甚欢。

这次的行程,本来是去林芝旅游,但我突然想去波密看他。火车到达的时候，凌晨的拉萨还在一片沉睡中，街上的一根根灯柱，像一位位守卫边疆的战士，灯光就是目光，注视着街上的一切。

卓玛接我到一家小吃店里吃早餐。我感觉肚子确实饿了，两天的火车，没有好好吃过一顿饭。虽是初夏，但凌晨的拉萨还是冷，我裹紧了衣服，看着腾起的蒸汽，感觉更饿了。卓玛却叫我不要吃得太饱了。

吃完早餐，一束车光在黑暗中移动，我开始向波密前进。车出了拉萨城，一路向东，我看见春天还未离去，一丛丛的野花掠过眼帘，空气干净，但干燥得有些令人窒息。村庄里都是石头房子，屋顶四角的五色旗幡在风中飘动着。

林拉公路，是一条从"日光城"拉萨，到"雪域小江南"林芝的神奇天路，它沿着美丽的尼洋河一路南下，串联起西藏两大绝美地区，途经雪山、森林、河流、湿地到藏寨、农田、草原……风光无限，路本身也美得像是件艺术品。它就像一卷流动的画卷，一路走一路皆是惊喜，估计应是颜值最高的景观公路了。

车过墨竹工卡县甲玛乡，甲玛意为百里挑一的富地，为群山环绕、水草丰足的圣地。卓玛说这里是吐蕃藏王松赞干布的故里，松赞干布的父亲曾在这里建有强巴敏居宫，松赞干布就出生在这座宫殿里。甲玛赤康则是阿沛·阿旺晋美的出生地，他在这里度过了他的童年。车没有停下，我只能远远地看见那栋红白相间的故居，在绿树青山间特别醒目，我不能上前观瞻，只能留下我的崇敬之情。

车折向北，路面弯了起来，也陡了起来，但我并不担心，因为我在遥远的安化山中，在最高峰九龙池，并无高原反应。但经验的浅薄给了我无情的打击，我开始感觉胸腔郁闷，头颅像被无形的恶魔挤压着，太阳穴发痛。我才想起李副县长跟我说过的，他第一次到波密时经历的高原反应，与我此时的反应是如此相像。

天气寒冷，车到米拉山口，我曾经向往过的海拔5013米的山口，此时正下着雨，冰凉了我的头脸。我添上厚衣，但没法压下体内的翻江倒海。我心跳加速，脸色泛青，青色的呕吐物装满了半个塑料袋，我终于知道为什么卓玛叫我不要吃得太饱了。我无力地从车内向窗外看上一眼，山口似乎有风劲吹，五彩经幡在大地与苍穹之间飘荡摇曳，接天连地。

我曾经问过李副县长："怎样对付高原反应？"他笑笑说："已经习惯了！"我才知道，他的扶贫与我的扶贫完全不同，我的扶贫只有劳累，而他们则要克服更为痛苦的高原反应等生理不适，甚至离开西藏之后也要承受可能留下的后遗症。

我宁愿相信，我的高原反应是身体自然流露出来的对他们的敬佩与对雪域高原的敬畏。如打鼓的心跳，扩张的血管，急促的呼吸，蜡黄的脸色，微弱的窒息感……让我感觉有一只神秘的手，攥紧了我，让我置身于这些援藏干部的生活环境，体验他们的艰辛。

车过米拉山口，进入工布江达县，我仿佛走过了一条浴火重生的道路，一下子从北方来到南国，从高原来到平原，从冬天来到春天。至此我方有余裕欣赏美景。

林芝真的很美！它是雄浑绵延的高原中一块由雪山深谷和无尽

的森林装点而成的灵秀绿松石，绿得通透，绿得静默。周围都是高山，云缭绕于山巅，清水江由北往南穿城而过，而尼洋曲则从东南静静逶迤而去。

我走出住处，看见尼洋曲岸边的一排柳树，绿丝条条袅袅。我一路北行，经过广东实验学校、广州大道南、广东路、广州大桥，那不是我孩子入读的学校、我常走过的城市干道吗？我早已忘记这里是青藏高原，亦不知高原反应为何物了，感觉走在绿意葱茏又宁静的海滨城市广州。

或许是因为当过扶贫干部，就对扶贫工作格外关心起来。从1994年至今，广东省对口支援林芝市，共派出8批431名援藏干部，李副县长就是其中一位。他们前赴后继上高原，尽心竭力促发展。广东省累计投入资金56.55亿元，援建1040个项目。墙上《广东—林芝对口支援图》清晰地列示着广东各市的对口扶贫县：广州对波密、深圳对察隅、佛山对墨脱、东莞对巴宜、珠海对米林、惠州对朗县、中山对工布江达县。

早晨的林芝，有一缕松香淡淡然、幽幽然，松林鸟语，云雾轻荡，峰顶已染霞光，远处的南粤大道寂静无声。如果说米拉山口被雨雾呵护在历史的帷幔之中，那么，林芝则像中国西部大地上崛起的一颗明珠。进入新世纪以来的一轮又一轮脱贫攻坚战，成为粤藏人民与自然、与命运博弈的时代乐章，扶贫干部就是这乐章上的最强音符，我沿途看到的无数扶贫基地，正是产业扶贫结出的最美的果实。

遗憾的是，因为G318线上的交通问题，我只能从鲁朗返回，无法去到波密，无法看到那里的中国最美冰川、最美原始森林、最大桃花谷、海拔最高的有机茶园，无法见到海拔6118米的明朴不登山，无法见到曾经相约的李副县长。波密再往北的昌都市洛隆县、类乌齐县，也是我们集团除安化以外的对口扶贫县，那里有与我并肩战斗过的扶贫干部、我的同事们——徐步、余贵兵、张登波、黄居富等。

无论是中远海运集团还是广东省，无论是曾经的我还是现在扶贫岗位上的他们，在面对贫穷时，无须指引，永远朝天。从安化到波密，像极了登高，一步步向前，一层层往上，踏出一条天路，到达离天最近的地方。山上松果坠落，松萝披拂，巍峨的雪峰恰从云层中间的晴朗里显露出来。也许尼洋曲是哈达，雪线是哈达，更高的云是哈达，我也是一条哈达，一起敬献给这伟大的事业！

我轻轻地抚摸，抚摸一团比白雪还纯洁的感情，那最沉实而又惊心魂的扶贫经历，闪耀着太阳一般的温暖光芒，深情地向祖国献礼！

2019年7月19日

神韵安化

在梅山的神话里,这里曾是一片蛮荒。直到时间日记里的宋朝,那一幅美丽的国画里,才有了醒目的落款叫安化。

洞庭湖在北方眺望她的美丽,桃花源里流淌着她的可爱,如果东南西北像一首高低起伏的交响乐,那协奏出来的,一定就是安化的和谐乐章。

这里有美丽的仙溪——柘溪、滔溪和奎溪,溪溪如烟;这里有清塘——长塘、龙塘、羊角塘,塘塘潋滟!

资江穿透了生命中的每一根经络,孕育出她秀丽的容颜。雪峰山架起了她的人文骨骼,硬朗而清秀。丘陵、山地,像久别了不愿再分开似的,相拥交错。千万年的岩石,风化成土,等待云台大叶种的到来,那是一粒爱情的种子,即将开始一段缠绵的茶之爱情故事。

我在一页一页的史书中,寻找梅鋗的身影,在千山万水中,追逐张五郎的行踪。梅山十峒里可还有原始共产主义的遗风,以至于让张五郎也要倒立身形,去洞察这世间的每一颗心灵!

我用双脚重新度量六步溪,我用腾龙的身影来对照九龙池,我用虔诚踩过茶马古道的青石板,我用膜拜瞻仰陶澍尚书第,我用黄自元一笔一画的书法间架匡正心灵。走过安化,我心中的苦难被擂得粉碎,随茶而远。

黑的是安化茶,白的是羽毛球,这黑白之间,孕育了无数的桑梓名人,铸造了他们冰碛岩一样你中有我、我中有你的包容胸襟,还有一种霸得蛮的坚韧品性。走过多少的风雨,仍与廊桥同在!

岁月无穷,我们总在这里寻找一片宁静,如茶一般的醇和淡定,也如资江一般的清悠有韵。

辑四 乡思大地满芬芳

母亲的挂历

2010年元月的某天,母亲从老家打电话给我。

她跟我聊了会儿,我也没明白她的意思。那时的电话还有长途计费,节俭的她打来电话,肯定是有事的。

我只好反问她:"有什么事吗?"

"没什么事。就问问你们单位今年做挂历了吗?"她轻描淡写地说。

"今年没做。"

"没……没……没做?"她停顿了一下,语气满是担忧,"听说你们单位效益不太好,不是倒闭了吧?"

我听不懂她的话,赶紧说:"没有倒闭啊,单位挺好的。"

"哦,那就好!没什么事了,挂电话了。"

打完电话,我心中满是疑惑,赶紧打电话给大哥。大哥解释说:"妈之前听说你们单位效益不好,今年你也没寄挂历回来,电话里听说你们单位连挂历都不做了,她就担心你们单位倒闭了。"

我哑然失笑,心想,我所在的小单位虽然上级公司经营有些困难,但我们还是效益不错的,况且国企稳定,母亲真是多虑了!

我能想象得到,在听到我说不做挂历的话时,她是多么失望!

从工作以来,我每年都会寄几本挂历回家,最受母亲欢迎的,自然是印有我们单位名和远洋巨轮或者是我们开发的房地产项目的挂历。母亲并不懂远洋航行,也不懂房地产业务,但她对那碧波上船尾留下长长优美弧线的巨轮感到自豪,为一栋栋有独特外立面的楼宇而骄傲——这些都是儿子单位的东西,就是好!

在厅屋里挂一本挂历,正是农村最新潮的时尚和风俗。家里挂本挂历,就如新添了电视机、洗衣机似的开心。如果还是家人单位的挂历,那更是有面子了。母亲每次收到挂历,总是在神龛的两边各挂一本,长长的挂历闪着光,仿佛也高踞在神龛上,地位崇高,享受着无上荣光。

母亲拿着挂历到舅舅家,又叫来阿姨,几个人便戴上老花镜,一本一本地欣赏挂历,说这艘船大、那艘船长,这栋楼高、那栋楼好看之类的话。舅舅是兄长,先挑,到阿姨选时,她也喜欢母亲欣赏的那本,有些不好意思夺爱,犹犹豫豫。母亲就会大方地说:"你拿去吧!"话语自豪又底气十足!慢慢地,这成为他们兄妹每年必不可少的欢乐聚会之事,一场相见,一场开心,一场满足!

我寄往家里的挂历,时多时少,但母亲总是把每一本挂历都视若珍宝,斟酌着可以给谁。有一年,我寄少了挂历,母亲便把自己事先留好的一本给了阿姨,并若无其事地说:"你只管拿去好了,过几天我叫我儿子再寄!"而实际上,母亲并没有麻烦我,神龛的一边便少了一本挂历!那个缺憾一直让母亲感觉似乎掉了东西般不安,直到2月初春节我回家时带来一本补上,才算安乐!

有一年,一位朋友送我一本异形挂历,打开后,挂历中的山水呈现立体形状,这让村里的人们大开眼界,称羡不已。而当母亲说到我们单位的某艘轮船时,总会侃侃而谈。我能想象得到,眼睛老花又不太识字的她是花了多少工夫才读懂这挂历上的字,这一切,都只是因为它是我们单位的船舶!因为儿子,她便也关注、了解了这些船。

母亲会在挂历上写上一个我不认识的字,或者在某个日子的数字旁画个符号、打个钩。这些日子,就是某个孙子的生日,或是儿子们在外一年了要回家的日子。每一个日子,都是她最重要的日子!

母亲和村里其他的妇女一样,爱看中央电视台节目,自然,中央电视台的那些著名主持人都是她熟悉和喜欢的。有一年春节,母亲说,如果有中央电视台主持人的挂历,有倪萍、周涛她们的挂历就好了!我说应该有,我明年帮你买回来,她便一脸向往的样子。可是我第二年完全忘记了这件事,母亲也并没有向我提起,对大哥说:"这些是小事,他每天一早出门,很晚回家,很忙很累,就不要去麻烦他了!"我心里很自责,真恨不得把倪萍、周涛请到家里来,陪母亲聊天、合影!

挂历纸都是很好的纸,大都是胶版的,光滑、厚重,而且大张、好用。新的一年，旧挂历也舍不得扔，母亲会用来给孙子包书皮，或者平整地贴在土墙上，那光线稍显暗淡的屋子便因为那挂历上海水的蓝、风景的美而顿生光辉。我从一间屋到另一间屋，仿佛走在轻涛拍岸的海边，又似走在春和景明的季节，那些挂历上的时间，带着我从时光的远处走到现在、走向未来！它们记录着我单位的发展，也记录了我们家的美好生活！

时光也这么喜新厌旧与爱慕虚荣吗？它再也不青睐曾经的宠儿——挂历了！我们单位也不再印挂历了。恰好那几年航运形势不好，有些风言风语，母亲便为我担忧起来，直到她听我说连挂历都不印了，更是怀疑我们的单位要倒闭了！我想，有多少像母亲一样的家属，因为不再收到单位的挂历，而为孩子担忧呢！

我找开物业公司的同学要了几本挂历寄回家，到后来他们也只是做台历了，我也只好将就着寄台历回家。但是，母亲总嫌台历不好用。我说那你可以直接在手机上看日历啊！母亲说，手机要按很多键很久才找得到日历，不好找，还是日历上的字大，容易看！我知道，她怀念挂历，除了操作手机不熟练的原因，更多的是她对过去生活的回忆，对于以往时间的看法，没有了挂历，便没有了附着对象，无法牵挂到儿子，以及爱屋及乌地牵挂到儿子的单位和他身边的一切。

没有挂历，日子仍在一天一天地过去，就如挂历一页一页地撕去，但愿这是母亲撕开了一张窗纸，看见了美好、安心与希望！

2021 年 9 月 26 日

茶花与小黄

那天黄昏,天气阴冷,母亲扛着铁耙回家,水坑里一声尖叫,把她吓了一跳。一只小狗在水中扑腾挣扎着,母亲伸出铁耙,把它扒了上来。

这四周围,空旷的田野没有一户人家,秋风萧瑟,根本无法知道是谁家走丢了这小狗。母亲不喜欢狗,但她有一颗柔软的心,她把小狗带回了家,准备第二天为它找主人。但是,第二天、第三天都没有找到。哥哥、嫂子给它洗澡,才发现这小狗一身纯黄金毛,非常可爱,就叫它小黄。

又过了几天,还没有人来认领,倒是侄儿与小黄玩得开心,他们在院子里追逐打闹,相互抱滚,不舍得送走了。哥嫂便准备了钱,准备谁家来认领小黄时,向他买了。但这钱最终也没有花出去。

冬天来了,院子里的茶树某一天长出了花骨朵,小黄出窝见到红艳艳的花,不知是何物,定定地仰头看着它,龇着牙顶着腿,不敢上前。那一整天它都像监视敌人一样，注意树上的花骨朵。

有一天，茶花开了，一朵朵，一簇簇，满树挂红，小黄狂吠起来。我不知道，它在吠花，还是在吠天。这狗也不知随了谁，越长越调皮，虽是母狗，却一点不矜持，一点不淑女，到处欢蹦乱跳，对院子里的茶花还有院子以外的人、物都吠，好像容不得任何外界的东西。

小黄终于闯了祸，咬伤了来家的邻居。哥嫂除了赔礼，还赔了医药费。但小黄呵斥不住，又一再犯同样的错，搞得邻居、亲戚都不敢上门了，有什么事，都隔着墙或在门外叫唤，引来小黄的一顿狂吠。

母亲告诉我这些事时，我说秋时了，狗肉正合时令，但家人都不同意，他们说小黄有灵性。我在一个冬日的早晨归家，走到院外便听到犬吠，接着便是母亲的呵斥："自己家里人！不准叫！"那是它第一次见到我与妻儿，却立刻接纳了我们，一声不吭，只是摇着尾巴。后来隔了很久我又归家，它也还认得我。我与它对视时，那真诚的目光，让我感觉自己被融进了水汪汪的深洞！

坐在院子里，有风吹过，我看见第一朵茶花飘落。没有一丝预兆，一团红球落地，啪的一声，惊得小黄又一阵狂吠，并冲上去一口咬住它，甩了两下。不知道是因为茶花鲜甜可口，还是红色刺激了味蕾，它开始嚼起了茶花。

在我的眼里，落泥的茶花已是残花败蕊，入口当是苦涩而寒凉的，但或许在小黄的眼里，它们都是鲜红嫩脆的，每一片都纹理清晰、清香甘甜。它很灵巧，不用撕过人的爪子，不用咬过人的牙齿，只需舌头一卷，一朵茶花就是一口美食，嚼得津津有味。

每天早晨，它都在这满地的香甜中醒来，美美地吃个早餐，再出去玩耍。后来它又发现院墙边白色的茶花有不同的口感，就换了口味，享用着美食。

看着它那么享受的样子，我都迷惑了，是不是茶花真的那么香甜，我也可以嚼几朵呢？

小黄再也不吠树上的茶花也不吠天了，或许它在想，原来这大树，就是建在空中的美食粮仓啊！

茶花越落越多，小黄每天吃不完，我便把茶花收拾了，垒在一起，准备晒干了，给小黄当贮粮。小黄很懂事，在一边欢快地蹦跳着帮忙。难道小黄也懂得不是四季都有茶花吃，须有经岁之储？

我想，《红楼梦》里的林黛玉为花立冢，为花哭泣，感叹"花谢花飞花满天，红消香断有谁怜"，一定是没有发现桃花可以是其他动物或其他人的珍馐，否则绝不会如此孤苦自怜。

过了春节，又一场春雨，树上的茶花都落了，铺了一地，小黄有点不知所措。

没有茶花吃了，小黄偶尔又会龇着牙吐着气，对着天空狂吠一阵，仿佛在质问："为什么不让茶花四季都开？"

后来，小黄老了，在一个夜晚，被偷狗的人掳走。

再后来，院子里起了新房，茶树也被砍了，院子里仿佛从来没有发生过小黄吃茶花的故事。

我坐在院子里苦想,谁是小黄,谁是茶花?

2019 年 6 月 13 日

万绿湖的秋雨

如果我跟母亲说,您报名参团去旅游吧,她肯定会回答我:"不去!没什么好看!浪费钱!"但她并不反对我去旅游,甚至会说:"假期去旅游吧,不回家也行。"

母亲从年初就说要离开老家来广州住一段时间,但因为疫情,国庆假期才来。我开车接上她沿途走走停停,此处住一晚,彼处游玩一下。她显得很开心,一双浑浊的眼闪着光,东瞧西看。

这些年,我东奔西跑,在城市乡村穿梭,可是在我的成长履历里,母爱的光辉永远是最闪烁的一页,无论我在哪里,母亲都竭尽所能地帮我操持。

十月,本是秋高气爽的时节,万绿湖却下起雨迎接我们的到来。

秋天的雨,像一把钥匙,带着清凉和温柔,有一种质感与韧性,把秋天的大门打开了。就如母亲跟我的聊天,院子里的什物都醒了,迎接我的回归;就如母亲和我絮絮叨叨一样,和我家常地说话,琐碎而又和蔼，熟络而又温柔。我看见，一种素朴的慰藉；我听见，一种淅淅沥沥、喋喋不休的叩问；我触到，一种清凉的安抚。

雨中的树林，静谧而安稳，在我的身旁，就如遥远的记忆，温柔而抒情。藤蔓缠绵，顺流而下的晶莹水滴，红白蓝紫的花儿开得恣意，仰着稚嫩的脸儿，微风吹来，摇曳着落下一颗颗闪光的泪珠。

荒野里，空气清新，幻想在这雨中奔跑，撞碎迎面而来的水滴，感受清凉的世界。或许，荒野本来就比城市更美好，更能唤醒人的天真、天性。只是，我们孜孜追求更多，失去了对自然的天生之好，只能在城市的罅缝里看看天，看看流云，在公园看看花草，收取一点大自然遗落的信息，多可怜的人啊！

早晨的山顶非常美，可以远远地看见万绿湖的大部分水面，还有因水位下降裸露出的红土，像一条绸带绕着翠绿可掬的湖水。

风起来了，裹着雾徐徐吹来，凉悠悠的，像清爽的手抚过；滑溜溜的，如丝绸轻轻滑过；甜丝丝的，似沐牛奶浴后般润泽。

母亲说她近来眼花了，看不清东西。我告诉她，山间本来就有雾，她便戴上老花镜，看清了山间奔走的雾气。一阵乳雾滑过面庞，房屋随雾隐入白色气团之中，同样隐入的还有我们所在的高高山峦。

整个世界一片白雾茫茫。一种超越现实、仿佛回到童年的感觉油然而生，一阵自由欢快泛起。

这是个蓬勃而纷繁的时代，也是容易迷失和迷惑的时代，但母爱无论在夏天还是冬天，无论在秋雨中还是在春风里，从来没有任何改变。想起一句让人动情的话："主宰国家命运的，不是台面上的政治人物,而是摇篮旁的那双手。"

  时光是个奇妙的东西,翻转了我的人生,却从未翻转母亲的爱。

2022 年 1 月 5 日

乡思,有大地的芬芳

壬寅年春节,归乡不得,思乡情切而作。

一

归家的思念,都聚拢了,顺着铁轨,顺着公路,顺着河水,流淌回乡。

我默默地祈祷,父亲、母亲,还有院子里的树木与河坝上的青草,一定都听到了我长如流水的祝福。

那一株四季桂,立春时以阳光沐浴,新叶闪亮着欣喜,是童年我着了新衣时脸上的喜悦。风吹枝摇,花叶相亲,抖落一地的黄花,我的鞋沾满了香气,有清纯的大地芬芳。

那是一个有香气的梦,梦中的父母、树木和花草,还有那株四季桂,都没有离去,在眼前,在心中。

二

我像一只虫,从这块土地里爬出来,这里的一切就成了我全部的世界。

有无数的人,在这里出现,在这里消失,他们成了祖屋和土地的寄居者。我中途离开,在域外的驿站流连。我偶尔回归,把自己当作了客人。

在除夕赶上了年夜饭的欢腾,在爆竹声中,心灵在休憩,不用酒,只见院子里的阳光和父母,还有窗棂外的花草与树木,人就醉了。

醉了,就提笔写字,用长毫沾上喜悦的墨水,写一副春联,迎接春的到来。

三

村庄,已经收缩成为故乡,阒静无声。

无法判断,是它塑造了我的从前,还是注定了我的未来。

花草枯了又荣,树叶落了又生,祖屋暗了又亮。

乡思,和那株四季桂一样,开了一年又一年,执着不变,有着大地的芬芳。

2022年2月5日

有故乡，是一件奢侈的事

一

如果说"北漂"是一种为谋生而移动的方向，那"南漂"似乎就更飘忽不定了，因为连去哪个城市都不定，只知道往南走！

漂流正汹涌时，我要读大学了。父亲说，别人打工都去广州了，你不如就去广州读书吧。这确实是个极好的选择，这个城市离我的村庄并不遥远，只有五百多公里，比去省会城市南昌还近些。就这样，我南漂到了广州。其实我并没怎么漂，因为从读书开始，我就一直生活在这个城市，最多是如浮萍，在一个小池塘里飘忽不定。

快要离家时，我的心早已飞到想象中的城市去了，没有留恋，心中有种快乐：终于要离开这个地方了！

二

大学四年，甚至是刚毕业的几年里，我都宁愿留在城市而不回去,除了城市的繁华带给人更多的快乐外,还缘于一些非常不愉快的经历。那些经历更让我无奈地说,"算了吧,不回也罢"。

后来有了长假,我的朋友们在游完省内的那些景点后,便打起了我故乡的主意,怂恿我带他们回去。我说:"那地方不美,没什么好玩的。"这确实是我内心所想。

但最终还是成行了。我有些忐忑,带着朋友踏入村里、县城和市里的时候,总感觉家乡不够美、不够好,会让朋友们失望与讨厌。但是,他们叫着嚷着,惊叹着这里的美与好时,我也开始重新发现这个我生活了二十年的故乡。

对于陌生人而言,一切都是新奇的,而这样的感觉,也会让在这个地方生活惯了、见惯了的人重新发现它的美好。美与好,其实是无时不在的,当你带着一定的情感浓度,去观察一条河流、一个村庄、一个县城,以及一个人的时候,美好的基调就已奠定了。

三

故乡是旧的,这在我经过北岭时,又一次得到确认。越过北岭,就要进入南康县城了,两边辟出的斜面,红壤发出干燥的亮光,房屋破旧,面貌不改。

在这个我生活了四年的地方,人、房子、饭菜的味道,已在我脑海中构造出一幅既破旧又嘈杂的场景。穿过学生们响成一片的自行车铃铛声,小吃店蒸笼升起的白气,烧煤时呛人的烟气,踩在甘蔗渣上走过街道,能看到新华书店对面粮食公司倒塌的墙壁和县政府招待所掉漆的木门……

但许是太久没来,我不仅走错了路,连记忆中那标志性的四层邮电大楼也没见到。城市的范围大大扩充,房子的高度也大大增加了。我的朋友不知老县城的样子,对于眼前的高楼大厦没有丝毫惊奇,而我心中的县城却被颠覆了。这新县城对我来说是陌生的。

故乡一切的人,一切的事,都变得让我感觉陌生。

四

其实在变的,还有我自己,而这样的变化,让我感觉极度不适。

老朋友盛情地请我们吃饭,菜很好,酒也很好,我却有点吃不下去。老朋友热情地用他的筷子给我夹菜,我吃得少,碗里的菜便越来越多,他以为菜不好吃,又去加菜。我敬酒时,为了表示尊重,便如在广州时一样,站起身走过去,却被他们连忙叫住。他们着急地向下压手掌,让我坐下。"敬酒不起身",礼仪上的变化让我颇感尴尬。而更让我觉得"格格不入"的是,他们在向外地来的朋友敬酒时,我也被划入其中。我在他们的眼中已是一个外地人了。

我什么时候成为外地人的?是在我离开家乡的时候,还是我留在广州工作的时候,抑或是在某一个特别的日子?包括我自己在内,没有一个人能说得清楚。

必须用新的办法来恢复我与故乡的关系!

我开始像我的外地朋友一样,努力熟悉我的故乡,带着新奇的目光,带着有浓度的情感,来观察这片土地上的人和一切。

五

集市上买回的高粱秸扫把,展现了重新发现的美!

高粱穗砍回家,高粱米脱落后,一粒粒火红的高粱米壳仍在秸上,它们没有惯常地成为灶里的柴火,而是幸运地被勤劳的农民捆成一束,用篾条扎成了高粱秸扫把,被母亲买回家,开启打扫庭院的宿命。

朋友夫妇为扫把醉红的颜色所吸引,更因扫把上粒粒像宝石的高粱壳而欣喜。他们问母亲这扫把多少钱,母亲说3元,他们便笑,说了一串我听不懂的土话。

最终他们有些为难地来问我,可否买了这个扫把,请母亲下次赶集时另买。母亲对于客人这个简单的要求当然给予爽快的答应,并且说送给他们。他们坚持付了钱,回到广州便把篾条拆了,剪成长长短短的穗枝,插在一个玻璃瓶里。那些高粱穗枝,有的直挺挺地伸向空中,像一个吸收了太阳能量的汉子,露出黑红的肌肤,顶天立地;有的穗枝颗粒繁多,默默沉坠,像一位晒红了脸的母亲,安静地怀抱着崽,安详地回望大地。一把扫把,立即焕发了自然的天真,散开了捆扎,绽放自己,成为一件现代装饰品,这是我和我的乡亲们从未见过、从未想过、重新发现的美。

这一把高粱穗,我在广州他们家常见,它们在广州变幻着姿势,成为城市里最自然的美。

六

我排列着家里亲属的序列，爷爷奶奶、爸爸妈妈、叔父婶婶、姑姑姑父、我和哥哥姐姐及表兄弟姐妹、儿子侄子表侄……在外公外婆家、在族中、在老师同学中、在朋友中，都有一串串这样的序列，我就像编码一样被编排在了某个位置，记载在族谱、同学录中，即使离开了这片土地，那个编码还在，让人记住，为我保留，不会有其他人代替。而我，无论什么时候，无论以怎样的心情回归原位，那些相互的位置、相互的感情都在！

自己改变了、故乡改变了，回归原位的不自信、不信他，这种不适感，使我这十几年来近乡情更怯。

我重新燃起我的热情，我重新审视这块土地，以及地上的人。

七

一切都是新的。

蔡屋小村，除了我家的老屋和一处老祠堂，没有一栋老房子了。后门对面的那个长着小竹的土堆刨平了，变成了水泥路，菜园地盖起了新房。穿过小村，一路的新建屋子到底是谁的，我并不清楚，我就按照以前这地儿是谁家就说谁的，反正我的这些外地朋友也无法核实。他们只是一路慨叹，现在的农民真富起来了！

在县城，南水已经是一片新装修的住宅区，那里曾经是离学校很远的集体劳动所在地，再也找不到当年那些和我一样衣衫破旧、满身泥浆的人。南山，成了著名的风景名胜区。我想起当年爬上光秃秃、只有乱石横卧的山顶，我们几个同学或坐或站，或倚或靠，看着山岚雾气的远方沉默不语。如今山上满是树，生佛寺旁的那株老树，好像焕发出了更强的生机，每一片叶子都绿油油的，风吹过来，树叶哗哗地交谈着，惊扰了大雄宝殿的安静。

邓、曾、钟三位同学来了，一大桌子的同学吃饭，我心里感到羞愧，因为他们三人和吴同学都是我在中学做班长时骂过的人，我一直觉得他们是恨我的。我向他们三人道歉，请求他们别记恨我、原谅我。他们笑笑说，谁还记恨这事啊！其他同学也起哄喝酒，我先干为敬了。这杯酒确实让人浑身通透。可惜没见到吴同学，他们告诉我："吴同学嫁得最好了，正幸福地坐月子呢！她才不会记恨班长呢！"

看着他们的真诚，我决定把以前的不快都忘记了，从此以柔软面对世界。少年无知的强硬和自大，怎么也抵不过友情的深厚。

在赣州，我和外地的朋友一起不断地发出惊叹。我们是回到了广州吗？这一江两岸的夜景，完全可以媲美任何一个一线城市。这个千年宋城的新形象，她的建设速度、发展速度，远远超过了我们的想象，需要我多花一点时间再次熟悉起来。

春天到来的时候，我会像候鸟一样回归，再来看看这片土地的美丽。

八

我变得客气了，在故乡，对每一个人客气，彬彬有礼地问好、致敬。这种客气是从外面学来的礼仪。

我很高兴,我能以另一种精神面貌来面对自己的故乡与亲人。我看到了自己真诚,以真诚来面对故乡,才不会陷入浅薄的虚荣和轻浮的自傲。

20年来,从广州回老家的高速公路,多了一条又一条,路程也缩短到了400公里多一点。回家的方便与距离的缩短拉近了我与故乡的距离。

我在城市越来越感觉到自己比许多人富有,因为我有一个故乡。我常常和人说起我的故乡,我回忆我的故乡,写我的故乡,这是一件多么奢侈的事啊!没有故乡的人,实在太可怜了!

因为"南漂",我成为故乡的"逃离者";因为春天,我又变成了一个"回归者"。精神的返乡,让我在故乡找到了最终的归宿。

九

故乡是鲜活的,
街巷里生长着别家的饭香。
院子里孩子追逐奔跑笑声漾漾。
阳光很长,
好像日子永远过不完。

岁月倏地就没了背影,
那些以为还能听到的笑声啊,

成了离乡时匆匆的脚步。
地面的卵石泛着光,
印不出归返时走过的痕迹。

岭南的绿是别样的绿,
葱茏繁复而沉默不语,
隔着时间的河流,
仍看到那个奔跑的孩子,
那些笑声又从遥远之处飘到耳边。

家在哪里好像已不重要,
炎炎正午的阳光和隐约的蝉鸣声里,
树举出花朵糊里糊涂地开。
时光无论快慢明暗,
有故乡的人是幸福的。

2020 年 3 月 10 日

疫情下的春节礼物

如果没有记错，这是我成年之后，母亲第一次给我下命令。

因为这个春节家人都在外地，我一个人可以自行安排活动。于是联系了柬埔寨的一位朋友，他正好春节期间在柬埔寨，我便想过去游玩。这个计划很快就通过一位同乡传到了母亲耳里，她也不知从哪听说了柬埔寨很危险，便急着打电话给我。那时我正开着车，赶紧停在路边。她的电话就一个意思：不能去柬埔寨。其实，母亲很少强求我做某件事，但这次不同，她很坚决，必须听她的。

在这个电话之前，她已经有两三个月没和我联系了。少联系，正是母亲与我关系的现状。

很多长辈都说我小时候很黏母亲，常常跟着她，晚上她会给我洗脸、洗脚，搂着我睡觉。一年级下学期的结束典礼上，大操场上的喇叭里不断地传出我的名字，那是我获得的一个又一个荣誉称号，"三好学生""优秀班干部"……操场一边生产队的队员们正晒豆荚,母亲在其他队员的羡慕中乐开了花。回到家,母亲给我一个大大的拥抱,这个拥抱,就是我记忆中母亲给我的最后一个拥抱。或许是她认为,我已经入了学堂,已经长大了!

如果说外出读书是一场离去,那么,在兄弟姐妹中虽然我最小,却是最早离开母亲的。从此,母亲对我的印象就停留在我的小时候。而随后因为城乡两地,她对我生活的了解更是一种想象了。我因她而来,却并不属于她,我终究走了那条属于我自己的路。当时我也无法意识到,从那时起,我与母亲的距离就越来越远了!

于是,我放弃了这个春节的外出计划,开车回老家。高速公路上,雾气弥漫,车灯并不能照到很远,虽是凌晨,但我还是有些兴奋——奔波几百公里能在除夕回到老家,还赶得上年夜饭。

年夜饭并没有按风俗上十二道菜,而是比往年都简单。母亲饭后对我说:"不要去乱的地方,你的命都是我给的,我管不了你别的,只管住你的命。"

这话让我惊诧,也让我在温暖的除夕夜里动情!回首往昔,我的成长,就是一个远离母亲、远离故乡的过程。母亲逐渐从我的生活中退出,但无论退到多远,我的生命依然是被母亲关注与紧紧地牵扯着的。

这是一个冷清的新年,因为新冠疫情的暴发,城市与乡村的路上人影稀少,除了必须上班的人,大家都尽可能在家待着。

母亲说,她年纪大了,不怕,便外出喝茶去了。后来在我并不算激烈但很严肃的语气阻止下,她也不再外出了,便隔着桌坐着和我喝茶聊天，当然聊得最多的是她和我。她很高兴的是，我遗传了她的优点，比如说头发茂密。母亲虽然七十多岁，头发有些灰白，但仍然厚密，我和她一样！我有时为自己头发多、密、长、乱而烦恼，但转念一想，这总比秃头或少发更好些。如果操心是一种漂白剂，那我还没怎么往母亲的头上添加过。

母亲问我怕不怕她遗传不好的东西给我，我笑着说，不怕。我想，在母亲孕育以及喂养我的过程中，我早已和母亲的细菌群一致。我出生，虽与她分离成两个不同的个体，但我的血肉是她铸就成的，我又怎会有什么担心呢？

近几年回家过春节，我都是用大包带很多东西回来给母亲，离开时只用一个小包带换洗衣物。于是，母亲总在失望中看着我离去，她养的鸡下的蛋都捆好一板一板地留在了家里。后来听到大哥说，母亲决定不再养鸡了。

今年疫情的突然来临，让我想在年后买些鸡蛋带走，所以在离家时，我也就无意中问了一句："家里有鸡蛋吗？"母亲说："有，土鸡蛋，都给你准备好了！"我看着绑好的两板鸡蛋，已经整齐地放在门前的石墩上，那是以防我忘记。她并没有因为我连着几年婉拒她的鸡蛋而真的不再养鸡，而是继续养着，只为满足我偶尔的需要。我就在她笑盈盈的满足中带走了那些土鸡蛋。

每年，我都会带回许多的礼物给母亲过年，但再贵的礼物也不及母亲给予我的生命，以及她对我生命的保护与滋养。

今年的腊月，天气暖和，我还担心老家的茶花开败了，但让我诧异的是,门前的茶树只是结满了苞蕾,却一朵都不曾盛开。难道它也怕这新冠肺炎疫情而包裹了自己?不过,这个春节虽无花可赏,却有母亲给我的最珍贵的礼物!

2020 年 1 月 30 日

乡村里，一场热闹平地而起

村民们爱看电影，爱看热闹！

乡村，是这大地上的一片苔藓，匍匐在广袤的原野上，在一场风沙或者一次泥石流中，就消失得无影无踪。但这村子里的人，却会像蚂蚁一样，在原址又重建一个村庄。

是的，他们就像蚂蚁，在这大地上忙忙碌碌。这赣南的偏远山村，没有生旦净末丑，只有一场电影的到来，带给村民节日的喜悦。

小学校里，薛老师在那栋老木办公楼的门前小黑板上，写下娟秀的今晚放电影的通知时，被恰巧路过的几个同学看见，这消息立刻像百米冲刺一样，迅速地传到每一个班级，于是一个个的教室喧腾起来。这样的消息，对学生们来说，不只是可以看一场电影，更重要的是可以不上晚自习了！

一场热闹开始了！村子里每一个地方都热闹喧嚣起来，每一棵树、每一株玉米、每一只簸箕都欢乐得摇头摆手起来，像过节一样兴奋。孩子们跑着跳着赶回家，甩下书包，把水缸挑满，早早地把家务做完；田间地头的壮汉们隔着田埂问对面的人："喂……今夜什么电影啊？"似乎对方也说不清，他们等不到傍晚，便随意地锄几把地，像虫子一样从大地的深处起身，从庄稼丛里钻出来，急急地收起犁耙往家赶，匆匆扒几口饭，也不再期待大榕树下的大蒲扇，不约而同地往小学校走去——他们要去霸一个好位置。

老办公室的骑楼下，一张白色的幕布已经挂上，四个角都被长长的绳子拉扯着，一个乡村影院就这样立了起来。没有售票处，没有大门，没有海报，没有座位，只有空旷的操场，和不远处广袤的田野，还有暮色下成长着的庄稼。

一条土路上，电筒的光线凌乱，一行人前前后后地，大的拽着小的，老的带着少的，肩上扛着凳，手里抓着扇，一轮山顶的月亮，照着他们往小学校里聚。他们一路上没有话，仿佛话多会耽误行程。

大地上一片混乱，人影晃动。

已经没有什么好位置了，都被更早到的人摆满了凳子。最好的位置当然是放映员的那一圈，既是正中，也可以看见无比神奇的胶片。那电影上的人是怎样从胶片里出来的，而且会动、会说话和唱歌？

放映员是最帅最酷的人了。他到来时，桌子已经摆在操场正中，所有的人都会自动为他让出一条道，让他像备受爱戴的领袖一样走过，去到放映桌前。他支好放映架，调整着高度与方向。一束光，被他揉捏成方方正正的，在幕布上东挪西就，终于落定。那束亮光里，盛夏的一只虫子，在暮色斑驳中也来赶场了。

操场上满是人，满是话语，走来走去的人影穿梭在横七竖八的凳子间。找不到好位置的，就只好在后边的凳子上站着，才不会被前边的人遮挡。

学校的喇叭终于响了，传出校长的一串方言土话，也不知是讲给谁听的，没有一个人听，估计也就是那只见光而来的飞蛾听到了吧。

电影开场了，有人没有位子，只好蹲在幕后去看，虽然电影画面与字幕都是相反的，但是仍看得聚精会神，津津有味。一块胶片放不完一部电影，总是在最关键的时刻，出现一片的雪花点。一道白光闪过之后，放映员麻利地换着胶片，仿佛要用最快的速度，把人们的感情接上，把焦急的等待排除。

"山顶有花山脚香，桥底有水桥面凉……"《刘三姐》一开场的悠扬歌声，把银幕里的老渔夫吸引住了，也把银幕前的村民们吸引住了。老渔夫转头对旁边的小伙子说："阿牛，走！"这时，来迟了找儿子的秋娣婶一声大喊："阿牛，死嘞在哪里？"哄堂大笑，大家以为她在叫电影里的阿牛。

其实，看的都是些老电影，有的已经看过好几遍，下一句台词是什么，故事的结局是怎样，他们都了如指掌，但他们还愿意再看一次。他们为战士们把敌人消灭了而高兴，为农民获得解放而兴奋，为那个调皮的小子被教育好了而开心……他们就像秋娣婶一样，喊的不知是电影里的儿子，还是自己的儿子。

《五朵金花》里的那个阿鹏，是当年的那个自己吗？在生产队里有一门好手艺，看上了自己心爱的姑娘，历经万难，费尽周折，也要找到她。这是时光倒流吗？它把多年前自己的故事在眼前重演，时间已经可见。

"穿林海，跨雪原，气冲霄汉！抒豪情，寄壮志，面对群山。"《林海雪原》里的杨子荣，一身虎胆，只身入敌穴，是自己想要成为的那个英雄吗？虽然我只是地里刨食的庄稼汉，但此时，电影就是我的英雄情结避难所了！

《庐山恋》里周筠给耿桦的银幕第一吻，多么让人震惊与期待！这难道不正是当年面对他时，想做却从不敢冲动的行为吗？

……

生死相依的亲情，在残酷的战争中灰飞烟灭，让人嘘唏；瞬息万变的爱情，还来不及留恋追怀，便陡生变故。无论是家国情怀，还是邻里纠纷，都随之爱恨哭笑！这一幕幕让我们怀疑，电影里的人就是自己，就是身边的人；电影里的生活，就是自己的生活！不需要认同，只是有些强烈的感受。

银幕上的"完"字宣告着电影的结束，操场上又乱了起来，吵了起来。人群如潮水向四处散去。放映员则收拾起胶片，提着箱子走了，他要到另一个村庄放去。

夜戏结束了，在四散的路上，意犹未尽的庄稼人还在争论着某个情节，有惋惜的，有叹息的，有愤慨的，有怒骂的……他们甚至停在路上吵得不可开交，荒野把他们的声音传得很远。

有一些路上却只有脚步声,仿佛他们走着走着,便把话题遗忘在了路上。

瞌睡虫把孩子们撂倒了,他们已经在电影放映中睡着,被大人们抱着或扛着,或者被强行叫醒了,迷迷糊糊地走在路上……

路七弯八拐,把人分散了。一场热闹平地而起,又很快地平息!这个影院很快就消失了。山野像巨大的幕布,用黑暗把村民们的梦罩住了。

第二天晚上,前一天的电影就成了话题,又让人争论到很晚,直等到星星暗了,夏虫睡了,蒲扇累了,他们才钻回屋里。

日子就这样过着,每放一场电影,乡村里就过一次节。一场电影,就是四季的一个驿站。在光影中观看了自己的一生,然后悄悄地消失在大地上。

2019 年 5 月 21 日

糖泡花开

糖泡也是一种花。它是村里春天最早开出的花,是甜香的花!

腊月,客家人开始准备年货了。院子里的竹篙上,挂着首尾相连的香肠,以 V 字形的姿势,迎着热烈的阳光,向太阳膜拜。晶莹的油滴落在摊晒的大米里,一粒粒米泛着光,吸收着油脂的精华,准备赴一场热与火的宴会。

母亲是凄惶的,临近除夕,自家的油炸馃子还没做,过了年用什么来待客啊!糖泡(我老家称爆米花为糖泡)无疑是最合适的,也是必不可少的。它只要用去这个贫穷的家庭少量的米和糖,便可以成为茶盘里有体积、有分量,又最显眼、最具富足感的茶点。

嘭、嘭,每隔几分钟就有一次的巨响,只让人感觉熟悉。夹着暖阳,每个人都知道,就要过年了!我把滴了油的米拌匀了,用布袋背着往桥头走去,那儿就是响声传来、打糖泡的地方。

我喜欢那扑哧的风箱,它无异于学堂里的手风琴,拉动起来就有美妙的声音；我喜欢那曜曜的火苗，炉中的炭通透如宝石，它是白天里最明亮的星星；我更喜欢那爆破而出的米花，由米变成了花，在最冷的冬天盛开。更重要的是，它让家里的粮食变得多了起来！肩上扛着这满满的一大袋糖泡，走入院子里，我似乎是扛着一大束梨花而归！

母亲用碗舀水入大锅，我在旁边数着。"够了、够了！"我大声地叫着。母亲说："再添半碗。"水开了，冒涌着细密的泡，母亲便自己一边数着，一边用碗舀白砂糖放入水中，又吩咐着我："慢火、慢火！"我在灶下架柴，先旺火再慢火，一边问母亲为什么要十碗水，还要再添半碗，又为什么先要大火，再要慢火。

母亲顾不得回答我，她用锅铲沿锅边轻轻地铲起已经变软成半流质的白砂糖，翻到锅中央，一次次地，白砂糖早已溶化，变成了一锅糖水。母亲继续翻铲着，渐渐地，一锅糖水稠了起来。母亲用铲高高地撩起一摊，看着它扯着丝落回锅里，说："快了，准备糖泡！"我赶紧用竹簸箕装满一簸箕糖泡放置在灶台上。母亲看着锅里，仿佛静候吉时的到来，直到糖变成略带暗红的糖胶，立即抄起簸箕倒入糖泡，然后不断地用铲翻搅。每一粒糖泡都粘上了糖，黏糊着，松软着，任由翻覆。

洗干净的门板成了案板，裹了糖的糖泡滚热黏糊，整团地被铲到四方形、十几厘米厚的糖泡架子上。擂锤在糖泡上来回地压着、滚着，把糖泡摊压成了架子四方的形状。母亲竖起擂锤把，在架子的四角锤几下，压实了边角。慢慢地，厚厚的一整块糖泡变冷了，变硬了。

母亲要我压着直木条的一边,对着架子上的刻痕压紧。她压实另一边,拿起刀,沿着木条便切起来,切下、起刀、移刀、再切下。竖切完天地,再横切四方。利落的刀功让切好的薄片还保持着原先的形状,用油纸袋(密封塑料袋)装好,放进旗柜里。

这一天,家里都是糖分的味道,都是花开的味道。糖泡,是村子里盛开着的冬之花。

正月里,每一个来家的亲戚都会赞扬母亲的糖泡做得好,有板有形,又松软可口,不淡不腻,甜度正好。母亲的勤劳与能干,都在这赞扬声里了。

我在院子与屋里进进出出,为前来拜年的亲友续茶水,看着客人面前茶盘里年货空了,就返回屋内补上些许——量肯定是经过精密计算的,不能太多,若一下子吃完了,就撑不到元宵节,但也不能太少,不然就不体面。当然,我更多的是拿糖泡来添补,因为只需要一二十块,茶盘就满满的了。我知道,或许我们家还指望着这糖泡在三四月时能充饥。

再穷,母亲也没有少了我过年的新衣服。我穿着新衣服,挎着染成红色、绿色的篾片编织的格箩子到处走。我喜欢新衣服,还有格箩子里的糖泡。

母亲好像从来没有穿过新衣服,即使过年也是。有一次,我问母亲:"妈妈,每个人过年都穿新衣服,你为什么不穿啊?"母亲没有回答我,过了一会儿她说:"我也穿过新衣服啊!"也许她穿过,那该是十几年前母亲结婚的时候吧,可惜我没能见到。

母亲好像也从没吃过她精心准备的那些吃食,别人说好吃的糖泡,也没见她尝过。

像刀镌刻于心的那个正月初一,母亲突然对我和哥姐宣布:今天包饺子吃。我高兴得欢呼雀跃,叫喊着围着院子跑了几圈。我想,这大概是母亲特意奖励我吧,因为那学期我被评为三好学生,学校破天荒地发了三元奖金,这比那学期交的两块五的学费还多呢!饺子上桌,母亲让我先吃,我不顾烫嘴,哧呵哧呵地先吃了个饱。二哥吃了些饺子,还不觉饱,便催着母亲再煮点儿饭吃。母亲没有应他,他便嘴里嘀咕着。我悄悄打开米缸一看,才知道已经没米了!那饺子啊,是和了仅剩下的一点面,用留待明年吃的腊肉和自家种的青菜做馅包出来的。饺子少,我吃得多了,哥哥就没吃饱。听着哥哥的催促声,我那吃到肚子里的饺子啊,一下子便化成泪水汹涌而出。我无比愧疚,躲着妈妈,到小树丛偷偷地哭了,最后还是哥哥左逗右哄我才止住了眼泪。我把那包了一层又一层,藏在极为隐蔽地方的三元奖金拿了出来,准备给母亲。母亲在厨房里,正用碗装了水,把糖泡泡在水里准备吃。母亲没有吃饺子,没有尝到饺子的鲜美,而是吃了那泡过水而毫无甜香味的糖泡!拿着那三元钱,母亲的泪止不住地往下流,她的泪花比那爆开的米花还大粒!

我们家的年货虽比别人家少,但总是最迟吃完的那一家,因为母亲总要我们兄妹几个省着吃。二月底三月初,天气仍然寒冷,节日的气氛已散去,菜蔬青黄不接,正是难挨的春寒料峭缺粮时。

母亲要我别提着格箩子到处走了，而我还沉浸在春节给我带来的饱食和美好之中。扔掉了装糖泡的那个格箩，我就像一个野孩子，到处跑着跳着欢乐。一群孩子在我家院子里玩捉迷藏，我想躲进旗柜里，冲进了屋里，却撞见母亲正在往嘴巴里送着糖泡。

她轻轻地咬着，咀嚼着。她脸上的表情，似乎是非常享受那一片糖泡带给她的愉悦感，以至于她显得有点陶醉，有点怡然。

她吃得很细致，又吃得很忧愁。一小片糖泡，她细嚼慢咽着。她手里拿着一片，食盘上还摆着两片。她站在旗柜前，看着窗外的树，眼神不安。

母亲是不是专门躲着我们，趁我们不在家时来享受她其实非常心仪的食物呢？她为什么不当着我们的面吃糖泡？是什么让她吃得这么忧伤？

母亲看到了我，脸上立即露出惊诧而尴尬的表情。她迅速停止了咀嚼，转身出去了。

这幅景象后来时常在我的眼前出现。母亲那时不到四十岁，还很年轻，但那熬过来的年关，让她的模样显得有些苍老，令人心酸。那一刻，我想，母亲也是一朵花，是在春寒料峭、春意初涌时最早盛开的一朵花！是一朵甜香的花！

2022 年 2 月 5 日

每片叶上都刻着山的名字

一、每片叶上都刻着山的名字

就这样在清明的阳光下恣意地生长,每一棵树上,都结出了花朵,脱下冬天的厚雪衣,裹紧了人烟,抵御夏的炎热,在冰碛岩的宠爱中,经久芬芳。

就这样在坚硬的烂石上幸福地生长,每一片叶上都刻下了山的名字,高马二溪、九龙池、芙蓉山、云台山,你闻到山的味道了吗,还是只触摸到了资江的柔软,抑或听到了春天的福音?

它们就这样生长着,不知要走多远,不知要走多久。

西去的茶马古道上,每一个阶梯上都留下了驮马的背影和仍在回响的歌声,蹄花深深,雨路泥泞。

我一直在等待,那片曾经想象了无数次、无意追求,却又此生注定相识的绿叶。历经了冷热与干湿后,我在橙黄透亮中与你相遇。

二、遇见你的灵魂

你看,我为你留了一段青春般的时光,只为遇见你,又悄悄地爱上你,我把能呈现的一切,都给了你。

有时,你是一片明亮的绿叶,吸收了阳光的颜色;有时,你是一声惊叹,品尝了岁月的声音。

但你看起来更像资江里一叶扁舟,从柘溪的碧波浪尖上跃起,如约向着某个方向,带着大地的香气,包裹着清凉与温存。

你一定在我的前世就已算定,此生我将如一块冰碛岩的坚定,执着地爱着你,如宇宙间永恒的时光。

世间的相遇,本是为了别离,只有我与你的相遇,是为了往后余生的相伴。

所以,有你的时光,一切都如你的茶气一般,是足的,是甜的,是香的。

我把你含在嘴里,就在此时,就在此刻,我感受到你的灵魂,溶入了我的血液里,这是世间最美的感觉,在天地间凝固了。

这让我突然明白,所有的等待和寻找,都是因为我一直深深地爱着你。

三、茶香悦耳

恍惚间来到你面前,我看见你的容颜,千年的疑惑云烟散尽了。

一颗种子不经意间落在雪峰间,在荒野间发芽成长。神农氏无意间发现了你,你是幸运的,即使苦涩,也被发现了苦涩背后的美丽。

一株绿了时光的老树，一把润了容颜的黑茶，一定会遇见人间的真善美。

　　无论前世今生，一颗爱你的心，一直停留在原地。你来了，我随你走天涯，和你一起慢慢地发酵时光，一起老去。

　　茶香悦耳，如初见你时怦动的心跳，拍动着幸福的翅膀。爱在哪里，茶香就弥漫在哪里。

2022 年 7 月 6 日

辑五　荷耙负篓度春秋

2003年的天尖黑茶

在一个凉爽的秋夜,我想喝茶了。我在一袋袋的散茶堆里,第一眼就看见了它,2003年的天尖黑茶。

就像多年未见的老朋友,就在一闪而过的瞬间,我们认出了彼此!

2003年,我如浮萍在世间游荡,它却坚定地长在安化的高马二溪的山上。十几年后,我义无反顾地从广州奔向它,有缘千里来相会。

相随,相伴!我们凭借一场相会,改写了一生的结局,重新发酵那些不愉快的日子。

今夜,它展现了绝世的美!

一片嫩叶,在红尘中独舞。澄清透亮的红茶汤翻滚着,滑过冰碛岩的古朴,在胸腹处流转,有一种热感,濡湿了后背。

缭绕的水汽升腾,消失在空中,化作了氤氲的米汤香。原来,十几年前田间相异的茶叶与禾苗，在时间里转化成了一样的味道。

柔肠百结，有淡雅而微微的清甜，不热烈却悠远，层层展现，就如从前的日子,总有奔头,不再苦涩,再一次验证了生活总是甜的。

2003年的天尖黑茶，是最真切的自然味道。这样的好茶，如世间最亲近的人，可遇而不可求。

一道老茶，失去了少年的容颜，却留下最美的口舌梦幻。难道，因为我与时光一起老去，只留下了记忆，抑或是因为时光老去，淘漉了过去，只留下最质朴的一颗心？

把自己栽进草木之间

——宿帽峰山下

山坡上的草木啊,无法抵御我亲昵的话语,我的表白把整个山坡的草木都惹笑了。我抬头后的目光里,它们都开花了,在春风中笑得前仰后合,那盈盈的笑声与舒展的笑容,引得我也禁不住笑了。

春风从山坳口,从村路口涌进来,染遍拂过的一切生命,一株草、一棵树和一个人都被风吹绿了。时间是个不可捉摸的概数,我在不经意间就与春天相遇。

那些绿色,与石径、溪水一起从山坡上跌落,又泛着涟漪荡开。水波中漾起的布谷鸟声,一顿一顿地向城市漫去,枯萎的城市终于又等来一次生机。

绿是饱蘸了的墨,滴滴渲染,一如我饥渴的目光,贪婪地捕食。绿色浸染了我的睡眠,沾满全身,我再做一个梦,也是满足。

一个人,轮回般地等来草木青青的季节,望着一朵花微笑,为一片新叶欢欣和激动，这是对微小生命的欢迎和鼓励。我与草木相互看见美好的青葱将来。

山与水的布景上，光阴宣泄一地。山林空旷，它看不见我紧闭的心门内的细节，只是以树枝零乱地记下我疲惫的面容。

或许，直到某一刻，我在山坡上挖一个坑，把自己栽进草木之间，来年与草木相熟了，长出了扎入大地的深根，那些埋在心底的暗无天日的情绪，才会随着春风和阳光，伸展至天空，土地深处就安静了。

把自己栽进草木之间，更容易懂得世间的道理。

再回学堂

三十三年后,曾经童稚的眼睛,绕过了岁月的弯道,回来了,回来了!再回学堂,寻找少年的脚步与影子,寻找心灵的纯真与欢笑,寻找时间的拓印与镌刻。

八年的学堂时光,有些模糊,时而清晰。

那棵百年的老杨树,一定不认识我了,它留下的树洞,收藏了多少的秘密!我向它吹响一片树叶,听见了一段心中的故事!

那屋梁长绳上的铃铛,舒适地闲坐在了陈列馆里,掉了门牙的老校工再也敲不出催我上学的声响,可那早已融入我生命的铜铃声,时时催促着我走入生命的课堂。

是不是因为我长大了,对面的操场就变小了?是不是我在他乡远了,熟悉的课室就更近了?是不是久别重逢,期待的眼神就更炽热了?

牌坊茕茕独立,像个迷路的老人,丢失了记忆。可是啊,在年华里,丢失了的,又何止满书包的记忆,还有青春和勇气!

　　此刻,粉笔渐渐地画出了一个圆,黑板上升起了一个太阳,阴雨绵绵的日子就有了阳光,老师打着一把伞,为我遮过了一个漫长的雨季,伞下就是一个晴天。

　　我留下一丝留恋,一声呼唤,如再响起的琅琅书声。

　　我留下一份尊敬,一场思念,像老杨树掉下的叶子。

地 铁

早晨,我数着星星落下的余光,沉入地底,长长的走廊有风吹过,我却无法辨别这是哪个季节的风。

安检机把我扫描了一遍,我虽然穿着厚厚的衣服,却又裸露在机器面前,还好,只是机器。

我向闸机出示我的通行证,那是一个芯片,它记载了我四处奔波的机密,但它能读出我的劳累与辛苦吗?

屏风隔开了我与铁轨,里边黑洞洞的。我看着静静的铁轨,点头时,我的双眼与它形成了井字形的交叉,但我实际是无路可走的,摇头时却与它同了方向,向两个终点延伸,生或者死,黑或者白,进或者退……

地铁风驰电掣,把我的头发、衣襟撩动,我骑着地铁,遁地而行,这是一种怎样的坐骑,如脚踩祥云两耳生风。

短暂的迷离,地里看不见泥土的颜色,甚至没有土腥气息,心底里有一丝悲凉,行走的路上,并不是所见即所想了。

我去一个地方晃荡,我到另一个地方忙乱,我把自己当一支箭,绷紧的铁轨将我在城市的角落间弹来射往,有规则却无心绪地流浪。

越来越长的铁轨,耗去了一日的大好时光,等我回到地面,我又看见星星的光芒。光阴都去哪儿了?

地铁是一条时光隧道,我在里边穿梭,连缀了我的早晨与夜晚,或许还有我遥远的将来。

地铁是一块立体魔方,我在里边升降,兜转在我的客居与故乡,不知是否还有我的天堂。

我站在生活的背景板上,画着地铁里的景象,我无法画出一行行绿树,还有一缕缕阳光。

迟来有心

唯有你，在岭南大地冬日的肃穆中，相依相生，一畦畦，一片片，在原野里孕育出生机盎然的春景。

你是我童年的伙伴，和我一起成长，我还能叫得出你亲切的乳名——高脚菜心。是的，你已经长高了，犹如长腿的少女，娉娉婷婷，伸出手掌迎接朝霞，蓊蓊郁郁，扎根大地展露笑容，你的笑容是甜的。

你是清晨的阳光，与我相期而遇，我可以数得出你清晰的脉络。虽然姗姗来迟，却有着为人赞赏的品德，无论别人眼中的你是老是硬，你都坚持着心中的柔软，无筋无渣，以纯粹的脆爽示人。经历了寒冷，晶莹的霜冻，只是锦上添花，更有人生香甜的况味。

遇见你，就是冬天里的一个春梦，好似人生初见时的单纯与美好。每一个冬天，便有了与你再见的期待。

你像一棵树一样，不停地对着我点头微笑。这是目光，照亮岁月的村庄,是田野传来清澈的呼唤,仿佛一串歌声,穿过顶花带刺的寂静。

是的,离你不远的萝岗香雪,已是繁花如雪,你是否与早梅相约了,在寒风吹过的时候,一起开花,为岭南带来一场香事?

晨光下,四片金黄色的花瓣,在风中摇曳。黄金海浪,翻滚在绿叶中,一波又一波连绵起伏。

仿佛时光的问候,更似迟来有心的人。

山水有声，花开履痕

泰康山，能听得清许多的声音。

我听得见，山有声。

我闻香而来，听你漫山遍野的松林与大海一样，涌来连绵的涛声，那绿浪上的飞鸟，振着羽翼，缠绕着微风，迎着酥雨和润露，欢快地鸣叫着，去探听森林的秘密。

那些散落在泥土深处、隐匿在岩石缝隙间的声音碎片，总是明晰地震动着耳膜。石阶上，是否还响动着瑶家儿女的脚步声？吱呀的开门声，瑶寨的头人回来了。议事厅里的嗓音，仍在树梢上回响，武将的喏声、储粮房的舂米声、牛马的嘶鸣声、鸡鸣狗吠声，都如一缕缕炊烟，静静地升上天空。还有伴随着青布包头、无领对襟、斜挎坎肩舞动的嘹亮情歌，都如花开的声音，嵌入泛着白光的牛头，长成了青苔。

山的声音，在每个游人的脚步里，在每一座山峰上，在每一片山间的阳光里，在每一段历史的山窝里，融进你的足音，传入心里，重重地回响。

我听得见，水有声。

泰康山的水是有声音的，一涓细流，环绕曲折，叮咚作响，协奏成了一颗蓝宝石，遗落在青山中。这可是祭祀天神的一杯醇酒，满腔的敬意积蓄了，迸发出来，顺势而出。一泓碧水透着神秘的幽光，折射出大地的声音。

桨声欸乃，是我踩着脚踏船在水上行走的脚步声。艰难的攀登，让步履平和，伴随着随遇而安。

每一滴水珠，是溅起的宝石在湖面上跳跃，每一圈涟漪，是诗情轻柔地振动着的羽翼。

热情的日光噼里啪啦地响着，我看闲云、掬捧清风，笑而不语，一路淡淡的青天和人间。

一转念，便闻水声！

我听得见，花有声。

满山的山稔树，花正开得喧闹，紫色的、粉色的、白色的，争吵着斗艳，绚丽多彩，野得像个可爱山村姑娘，扑鼻的芬芳是她爽朗不拘的笑声。

它也有矜持的细语，带着些许喜悦，在空旷的田野里轻轻地回荡，如天籁般悦彻双耳，把蕾的心事，抛于林木中，把风雨烦恼，尽付天地间。

"六月六，山稔熟，七月七，熟到甩。"歌声飘摇，一阕韵律，是花之声的最美结局。

我听得见，人有声。

一千多年前，有一位岭南的巾帼英雄远道而来，就在这览月亭前那棵许愿树下，诚心地祈求国泰民安。神灵是否听到了她轻声的祷告？

一千多年后，一群来自广佛清的诗人们，操着天南地北的语言，同样在祝福。神灵尚在，神灵万能，也听懂了这一句句的诚心。

初一、十五的烟火，散尽了混战的年代，远离了社会的动乱，只祈求神灵的保佑，以妙法威严，护住了这一方平安。这烟火缭绕中，世俗的双眼，当也看得清谁才是当今的神明，可以当得起这样的敬奉，感恩生活鼎盛的歌颂。

我听得见，山水有声，花开履痕，天地有大美，大美在泰康！

蝶变,所有的故事

一、我

阳光在早晨到达村里,向往的脚步也同时踏上了这片土地,伴随着的,还有我阳光般的灿烂心情。

它连着江,我却不是坐船溯流而上的,车窗外的大樟坑里,阳光被清溪的水流拉长了,一条金光大道。

绿水,青山,所有的景致,逐一地在睫毛上眨动。

关怀,温暖,全部的感动,汩汩地从心田里流过。

二、你

你有美丽的东坑西坑,杨梅满坑;你有甜塘沙潭,塘潭禾旺。

你从山岭交会之处,从绿水青山之地,飞了起来,坚定的左翅膀叫作信念,艰苦的右翅膀叫作奋斗!你的飞翔姿态,应该成为一首更激昂的诗,镌刻在史册里!

有一些人在为你奔波，用现实主义的努力与浪漫主义的情怀，把脱贫写成一首诗，配上音乐的咏诵，成为时代的主旋律！

于是，人们只要听到诗的节奏，看到诗的颜色，就会慕名进入你的怀抱。朴实憨厚的一张张脸，是开满大地的一朵朵花，参与这如诗一般为你歌咏的花海大合唱。

美丽乡村的建设，让鲜花的大军占领了你所有的习惯与观念！村前村后、路东路西、屋南屋北，一律万紫千红！

一只蜜蜂在一朵花蕊里面喘息，那是因为对你巨变而美的震惊！

三、她

一个女讲解员带领我们走过一条康庄大道。她的故事像青藤，更像溪流缠绕房屋一样迤逦，骑着竹马来的那个人，摇晃了童谣，把她牵回了祖先的土地。十里红妆，更胜过衣锦还乡。奔波，终究日落而归。

手中的锄头，在家与土地间摆渡，棹桨飞舞。

每个人都拥有一部分的秋天，收获比秋色还浓，照亮乡村的许多情节，像客家的腊肉，透着红，透着光。

四、他

粤北大山的褶皱中，回响着殷殷的嘱托，它深深地镂刻于石头，像镌在每个人的心口。

一条路，不再污浊泥泞如哭花了脸，换了美丽的妆容。蜿蜒进村，树木撑起了葱翠的伞，蓊蓊郁郁。楼顶的"永远跟党走"红色大字，反射出熠熠光辉，照亮了他门前的路。

　　番薯和花生，捡拾着一粒粒遗落的梦；麻竹笋与大棚菜，泛起涟漪般绰绰绿影。奔赴于口舌之间，完成自己的使命，完成对日月的感恩，完成对天地的回馈。

　　这些摆卖的土特产，怎及那一句嘱托？那是真正珍贵的特产，无价，带不走，是永远的温暖。

　　晨曦在竹林中巡游，傍晚于灶头前煮饭。那些困苦的岁月，都在烟火中腾腾而去，收敛在耄耋年轮中，在父亲深深的皱纹里。

　　他喝了一碗益肾酒，为了壮胆，壮胆去获得一个闪耀中华大地的荣誉。壮胆再出发，与五十四户一百三十七名贫困人口，走向致富之路。

五、我们

　　写满沧桑的脸上，贫困和疾苦之色悄然消散。我们彻底摆脱了贫穷的岁月。从此以后，我们的世界绿水青山，鸟语花香。

　　没有一种笑容是建立在贫穷之上的，被幸福加冕过的笑容，又将被新的梦想照亮。甜蜜，成了村庄的幸福名片。

　　我们攥紧了春风的车票，乘上了"复兴号"。蝶变、蝶变，所有的故事，经由我们立于天地之间，传承万代！

荷耙负篓度春秋

一

我一脚踏进了一座城市的最南端。偶入，偶入，惊起石滩的沙蚬。扇贝起舞，可又曾惊醒那玉带缠绕的水乡，那绿树镶边的村庄？

二

"四面荷花三面柳，一城山色半城湖。"大地之手勾勒，村庄就系起了一条多彩的围巾，那是东边的增江、西边的福河，还有南边的东江，留一丝亮丽的秀色。痴情地望着隔江的远方，是否还在思念那离去的背影？在烽火中抵抗入关者的袁氏英雄，重回故里。

历史在光阴中延长，一个叫岳埔的村庄从永乐年间走来，经历了六百年风浪，枝叶更加繁盛。万亩宽广的胸怀里，依偎着无数人的安详。

"鳄潭三埔乌云洲，云枕罗浮甚担忧；大小官员无话份，摸螺挖蚬度春秋。"如今是否还有人唱着这样的歌谣，荷蚬耙、负蚬篓，在水中打捞纯净无色的简单生活？

三

人事如花，四季有代谢，多少往事，往来成古今。在古树的绿荫深处，在河涌迂回蜿蜒间，心中信奉的神祇，在诸庙宇里各居其所，安然相处。还有那十二姓的祠堂，规整有序而又端庄。肃穆的庙堂住着神也住着人，神灵与祖先一起，俯视着大地，永远地护佑着后人和这人间的太平。

四

脚步跟随目光，目光越过水面，四乡五里的村民跨过西湾桥，拥护在官海墟的每一处热闹中。脚步与身影幻化为沉默的文字，在玉虚宫的墙面上，向每一个到来的人讲述着故事。容颜易改，九孔木构桥那清晰的木纹刻画的年轮，在目光里模糊了，泛着光的青石板也记不起有多少人踏足而过，只有那梯形的桥墩依旧雄壮，迎着连绵不绝的水花，把中孔支撑到最高点，望向更远的远方。

五

番石榴树上的果实，是味蕾追逐的梦想。齿颊间的甜，是一种久别的重逢。

一颗果实成熟了，掉到了地上，露出了喜悦的红心。绽放的香气是一种牵引,让鸟雀在天空中盘旋,苦苦执着地追寻。更愿是只鸟儿,可以毫无顾忌地飞过去,轻轻地咬一口,在心中慨叹。番石榴的心是黄的,也可以是彩色的。

彩色更完美,就如晚霞倒映在门楼前的水塘那般潋滟!

六

水是村庄的经络,路是村庄的骨骼。

村里的人像鱼一样爱水。水给人最美的肤色,双手摇出动听的桨声。行走在村中,床是水中的摇篮,篮子从水中捞出鲜美的口粮。一个个生死爱怨的故事融进水中,像水边的大榕树一样,让生命忽然有了神采。

水用灵光把心照亮了,一江的鹅卵石竟是美丽的瑰宝珠玉,一江的清水竟是甘醇的琼浆玉露!有了水的灵魂,梦就显得甘洌。

纵横交错的河涌,流动着强而劲的冲动。水翁树下龙舟阁里四面通风,龙舟正安静地做着一个翔龙在天的梦,风幽幽地吹鸣。端午的气息在召唤,龙头高昂着,风生水起,蓄了一个年轮的力量终于爆发了。人龙合一,金鼓齐鸣,只为赛龙夺锦,再现曾经的荣光。

七

我不知道,偶入是否也算是一种缘分。村庄里的悠悠韶光慢慢流淌,如烟旧事沉睡在红墙黛瓦断壁颓垣中,秋水伊人鹄立东风,仿若老照片里泛黄的回忆,仍不见石桥下旧年的画舫。

村庄有了荡气回肠的典故，就不怕时光的淘漉，谁也无法移去历史的情愫。水的轻柔，树的绿荫，街的静谧，在淡泊中敲响了铿锵有力的鼓点，在厚重的青砖里驰骋出有声有色的情节。

把水声当作云端里鸟的歌声，把心放在春天的第一个位置。新居里，祖屋里，植入了时代的脉搏。人心在宁静中向上，经年的颜色就润泽成了四射的珠光。杨柳岸泛起新绿，一个村庄又有了深闺少女的模样。

水波里荡出《诗经》一样的歌

一

因为有山的倚靠,沙便有了留恋,水对山的缠绵,淤积了时间与感情。再也不能隐没,破水而出,从此你便有了名字,山一样的岿然,水一样的宁静!

宁静的水,从西北流淌向东南,汇集了五桂山的坚强,积聚了白水林的智慧。河水越过大涌口的水闸,就成了海水,在磨刀门的目光中川流不息。这是水的归途,归于大海,也如这一片热土,归于奔腾。

大沙田的水乡,一条条水道,让我无论脚印留在哪里,都站在一片岛上,脚下的土地变得厚重起来。香蕉、甘蔗,是季节的音符,重复着青春的时光;果林、渔船是季节的向导,装满时代的光芒。这里,长满了高楼,也长满了笑容和希望。

二

　　水上的"吉卜赛"人,在水波里荡出《诗经》一样的歌。疍家人把喜怒哀乐都唱透了,从摇篮一直唱到生命的尽头。绵长透亮的歌声,伴着渔船缓缓地从远处驶来,一湾波痕如风犁过水面。一人撑篙,一人撒网。在船底汩汩的流水声和风吹草丛的细语声中,歌声似舞者的足尖,在水面上轻盈盈点出一星又一星涟漪,又一漾一漾地荡开。

　　疍家人像水一样漂泊动荡,又像水一样随遇而安。在无遮无拦的蓝天绿水之间,乞讨着生活,维系着灵魂,像先人一样如水温柔,呵护河流中的每一滴水,爱惜身边的每一个人。

　　咸水歌,带着民风,携着典雅,唱成了一部现代的《诗经》。

三

　　人们追赶太阳,踏遍青山,一园、一岛、一城以挺拔的姿势,傲立于珠三角之南。

　　我每时的不经意,都为你的变化而惊喜。

　　我多次的凝眸,都为你的新颜而留恋。

　　以山的巍峨,挺拔身躯,以水的从容,面对风浪。

　　闻一闻香蕉的香、甘蔗的甜,再看一看发展的快、生活的富。深深地吸一口,会品到山水的清新气息,为无限的生机和蓬勃的崛起而风发了意气。

　　唱一曲水波里《诗经》一样的歌,悠悠然于坦洲的天地间!

辑六　痕淡墨浓留清音

眷恋与淡忘

2016年的夏天，我在珠江街第一次看到土生，他跛着脚，一瘸一拐地向我走来，我的心立即就被揪得痛了。我只知道他是个越南归侨，却没想到他的背后有着比普通归侨更为辛酸的故事。

土生的童年是在越南北部的广宁省度过的，这里遥对着他的故乡广西防城。不知几代前的祖先们，从清朝就来到这个美丽的乡村。这里有山有水，到处葱茏翠绿，他常和村子里的越南孩子们一起放牛、戏水、爬树，在童年总有无穷的乐趣。

入学以后，土生开始有了疑惑。与爷爷读书时代学校里只教汉语不同，也与父亲读书时代既教汉语也教越南语不同，学校已经禁止教汉语，只教越南语了。一起玩大的小伙伴们，也分成了华侨与越南当地人。他感觉天似乎再也没有以前蓝，偶尔飘过的乌云似乎投影在了心上，小伙伴们也有了自己的心事。他细小的心灵里，不知道国与国之间也有风云，曾经的睦邻友邦，已是阴云密布了。土生常常看见，越南士兵在村子的周围埋下地雷。

土生9岁时，无处不在的地雷阵已经让他和小伙伴们不能再像从前那样，从这个山奔到那个岭，从东涌跑到西溪了。他和亲人们只能在限定的区域里看着外边的世界。就在那一个阴冷的傍晚，在那一片绿茵草地上，一声巨响，地雷对他发出了无情的怒吼，炸断了他的大腿骨。他晕了过去，当他醒来时，他看见殷红的鲜血已经染透了左大腿上的绷带。没有药，也无法出去就医，只能在房前屋后拣一些草药，捣碎敷了。土生每天卧床的时候，就只能无聊地看着窗外那风不断地吹过云。他忍着痛下床，甚至在此后相当长的时间里，他刻意地练习跑步，但也无法完全摆脱走路时的摇晃。

那是1978年初，已是农历十一月底，春节就要到了，可是村子里没有丝毫节日的气氛，只有人心惶惶，还有外边传来的各种不知真假的消息，说战争已经打起来了……土生这时才略懂，虽然他家几代都生活在越南，却一直没有加入越南籍，仍然是中国人。他们在这里生息了上百年，却仍然不能被这片土地接受。

土生帮着父母收拾东西，照顾四个弟妹，随时准备离开这个他生活了11年的地方。他舍不得远处的大山，是那山给了他绿色的生命；他舍不得村里的树木，是那树陪伴他长大；他舍不得这里的清水，是那水赋予他柔情。可是，一切的一切，都要很快离别。

又是一个不愿入睡的夜晚，在忐忑不安中，启程通知终于来了。父亲把最小的两个弟妹放进箩筐，母亲背着袋，扶着奶奶，土生牵着另外两个弟妹，叔叔们推着车，一家人抹着泪，离开了这片土地。

同村的几百人，在夜色中汇聚成一股人流，缓慢地向前走着。火把照耀下，村民们大多衣衫褴褛，挑着行李。白发苍苍的老人、睡眼惺忪的小孩，一个个神情悲凄，低着头不说话。有的女人眼睛红肿，看得出是哭成的；有的还在不停地抹泪，目光呆滞，自言自语。

冬天夜晚的冷风，冻得人瑟瑟发抖，而比寒风更冷的，是站在两边监视、驱赶人群的越南士兵的脸色和他们手中明晃晃的枪与刺刀。人群走在一条机耕路上，两边是齐膝深的水道，插满了锋利的竹扦。水道的外边，是埋着地雷的荒野，没有谁敢逾越这生命的禁区，只能在枪与刺刀的夹道中前行，走向祖先们的故乡。土生说，那是他一生最深刻的记忆，纵使时光流逝，沧海桑田，也无法磨灭的记忆！

土生跟随着人群，一路向着东北前行，一路忍受困苦艰辛。当他走过友谊关，他被沸腾的人声震惊了。他不知道，这道关曾是中越两国人民团结战斗的见证，但今天，他却是以被越南驱赶的华侨身份通过这里，回到中国。这群人，拖儿带女，携老扶弱，颠沛流离，跨过这道关，回到了自己真正的家乡，回到了祖国母亲的怀抱。热泪打湿了双眼，激动在心中涌起！从此，生命不再受迫害，安全不再受威胁！

在中国，土生感到了完全的不同。他坐上了汽车，从东兴，经南宁，来到了广东的鹤山。这一个多月的行程，终于有了终点，他们被安置在鹤城华侨农场。迎接他的，是当地村民腾出的两间不大的茅藜房。一家十几口人，虽然拥挤，但也算暂时安顿了下来。就在这茅藜房中，土生度过了他回到中国后的第一个新年。他每天看着父母早出晚归，直到两年后，他才搬入农场的宿舍，跟着父母开始采摘茶叶。

农场不大，越来越多的华侨被安置进来，生活越来越艰辛。土生在成长中，不但要忍受饥饿，还要忍受第二次与亲人的离别。1986年，他们一家和几个叔叔要转迁到南沙珠江华侨农场，而另外几个叔叔却要被安置到海南。虽然这一次不是难民，但他知道，此去一别，那滔滔的海峡水，犹如银河一般，横亘在前，亲人们一年也难见到一次了。

土生在珠江农场开始了他与过去完全不同的生活。因为他脚有残疾，因此得到农场的照顾，做着残联的工作。20年里，他极少外出，在农场里劳动、生活着。他结婚、生子，生活安静而又清苦，他在这平淡的生活中，似乎忘记了过去的痛苦。

因为土生和我同姓蔡，我们很高兴地认了兄弟。他比我大，我叫他土生哥，他邀我去家中做客。我也是爱热闹的人，喜欢走动，隔一周就带着妻子、孩子去了。似乎有什么引导，我径直就到了他们小区的附近。我看着车外的番石榴果园、玉米地，大自然的气息扑面而来，我的心情格外舒畅。我停好车刚要问路，他就已经走出那栋最靠外边的三层崭新小洋楼，在大声地叫我了。

一楼用作客厅，特别宽敞。靠墙是转角沙发，围着一张大大的茶几，光亮的瓷砖贴墙到顶，家具饰物也显得新潮。在家的土生哥，脸上总是挂着微笑，与我开心地聊着天，说着自己的家庭、孩子。

他带我看他的新屋、旧居，时不时地哈哈大笑。他快乐地享受着生活，这也感染着我的情绪。

我在聊天中才知道，他的父亲知道我要来，一大早就从七八里外的住处开摩托车过来了，等我到十点多，因为有其他事，就先走了。我正表示对老人家久等的歉意，住在隔壁的五叔、堂弟就进来了，大概土生哥把我当自家兄弟了吧。我们叔侄几个说着话，屋子向着小巷开的窗口时不时出现一张脸，有时是苍老而面色黝黑的老头，有时是瘦小而满脸皱纹的老太。土生哥告诉我，兆安街几条巷子的人，都是从越南归来的，今天家里来了客人，他们都好奇。

土生哥招待我吃饭，把几个堂兄弟都叫来了，好不热闹。他似乎特别高兴，总能听到他爽朗的笑声。只是，很少人知道，在这笑声的背后，他曾有过噩梦般的经历——亲人别离，家园被毁。

过了几天，土生哥打电话给我，说端午节了，家里包了粽子，要送点给我，还有玉米、木瓜也熟了，也摘些去。他的粽子，并不是我们常见的锥形，而是长方形的。他告诉我，包方粽是在越南时就有的风俗，现在整个兆安街都还有这个风俗。我问他喜欢越南吗？他点点头。我挺喜欢他的这个回答，我愿意他这样，把侨居国的文化、风俗传承下去。不需要太多的理由，只是因为心中有那份眷恋之情。

他还有一个梦想，去越南看看。我问他去越南做什么，他说想去看看自己童年的家乡，再去看看胡志明市的亲戚，还要寻找没有消息了的大伯！我才知道，他有一个叔叔在当年撤侨时，无奈地留在了胡志明市,还有一个伯伯,因为孩子当了法国兵而遭受迫害。我问他:"你不恨越南吗?"他目光柔和,轻轻地摇了摇头说:"我还有亲戚在越南。我只是希望他们不要再犯同样的错误,我可以原谅他们!"我当然知道他话里所指的他们是谁,但愿,他们愿意敞开胸怀,迎接善良、不记仇的人们!

我挺敬佩土生哥,他和许多的越南归侨一样,生活中有笑有泪,有刻骨铭心的伤痛,也有无法抹去的眷恋,但他们不抱怨过往的艰难,更淡忘了曾经的仇恨,在欢声笑语中,快乐地享受着自己的生活。

2016 年 7 月 9 日

出发与到达

一

我与水是有缘的，对船是向往的。

当我长篙点石，击水渡过静静的上犹江时，小船或行或泊，行则轻快，泊则雅静。不远处绿树下的老屋，瓦面暗黑，年轻的我与船，成为轻巧的精灵，在水面跃动。

一条条竹子一头被扎紧，呈扇面形状，一个接一个的扇面连成排，沿江而下，像一支浩浩荡荡的军队，过河如履平地。过了村庄，弯急滩险，雾霭翻滚，我站在排头，穿过风，直冲向前。因为勇敢，撑排佬和我成为水乡最美的风景。

我期待，我站立在船头，驶向更宽阔的大海。我与船破巨浪，刺碧波，劈开一条水路奋勇前进，被激起的层层海涛带着银白的浪花掠过船舷，留下闪光的长尾迹，扩大到远处海面上，泛起万顷波光。在水面，乘着船，我要成为更美的风景。

二

我一路向南，风飘飘吹衣，我便感觉我是"舟遥遥以轻飏"，乘着船翻山越岭而来。1993年，那是一个青春飞扬的年代，我在珠江南岸的校园北望，盛夏夜里仍传播着春天的故事，两岸灯火辉煌，一片欣欣向荣，我闻到了海的气息。

7月，我奔波在珠三角的大地，心却随海浪而动。"银河号"货轮在阿曼湾海面被迫停航了。

从一个黎明时分开始，晨光以军团般的气势从东方逼压过来，在海天之间，半明半暗。海涛如诉，残阳似血，海风滚烫灼人。几十个日日夜夜，面对的是无端的指责，斗志更像鼓张着一面面心帆。但乱云飞渡，更显从容；强霸面前，更显风劲。

阿曼海，将会有一座雪浪堆砌的丰碑。"银河"轮，记载着太多的磨难、斗争和同样多的辉煌。

"银河"轮的38名船员，在40多天里，克服了种种艰难困苦，经受住了严峻的考验。他们忠于祖国、忠于职守、不屈不挠的精神和维护祖国尊严和声誉的实际行动，令我无比钦佩。"强权面前无所惧，碧海丹心扬国威"，这是怎样的一群人！每一位船员就是一面国旗，就是一声国威！

这群人所属的单位——广州远洋也牢牢地记在了我心！一个单位或一个集体，对于大部分人来说是陌生的，但它作为一群英雄的诞生地，却令人永远铭记。

三

大四上学期,晓敏同学说:"为了感谢你,我请你去吃最好吃的东西!"我虽是举手之劳,她的盛情邀请与她所说的最好吃的东西,还是吸引了我。

从中山大学到环市路,公交车穿梭在鳞次栉比的高楼间。我走出车厢时,花园酒店、国际大厦还有白云宾馆环于周围,繁华如花一般地洒落。目光越过树梢,我的目的地——远洋宾馆在不远处,外墙与海水一样的颜色,湛蓝得令人欣喜与宁静。

我坐在"远晖"厅的一张桌子前,忍不住抚摸着实木嵌石的桌面,它光滑而有一种温暖的感觉。

我的目光不在美食前,而在这周围的海洋特色。穿着海员服长裙的咨客姐姐从我身边走过,随风卷起海浪。"珊瑚"厅、"海龙"厅的小吃琳琅满目,"风帆"厅的东南亚风情歌舞,充满了异域特色。我沿廊而行,"爱琴海""威尼斯""英吉利""富士山""凡尔赛"房,世界尽在此间。我推开"耀华"房的门,就置身于远洋船舱里,蓝天大海就在眼前,站在船头,我迎风而立,衣袂飘飘。

这是我第一次与广州远洋结缘,那时我尚大学在读。我向往大海,向往驾驶着远洋巨轮,驶向大海。

四

当我还沉浸在美味与倾慕之时,毕业的危机已悄悄地来到。

我看着广州本地的同学们有的定向分配到法院,或者已经找好单位，而我这个外地人还毫无着落。

我想起当年我报考大学时征求父亲的意见，他肯定地说，去广州吧，至少你们这一代人，别人挤着去广州打工，你也可以考去广州留在那儿！而此刻，或许，我要在广州白白地耗去四年的时间后再返回故乡，我有些低落，又有些不甘。

已是深夜，我拖着疲惫的脚步从佛山回到宿舍。又一家单位回绝了我，室友们正热烈地说着当天在系里见到的美丽女子，而我根本听不进去。第二天，我去系里，老师说："昨天有一家国有企业来招聘，拿了些同学的简历走，你愿意去吗？你可以补交一份的！"我问是什么单位，老师说：广州远洋公司。这几个简单的字，突然像火一样，点燃了我的内心。那个曾经熟悉而又令我无限向往的单位，那曾经培育了一群英雄的单位，此刻让我愿意接近，愿意成为其中的一员，我应该立即行动。

我问父亲，广州远洋这样的与海相关的单位，可以去吗？父亲笑笑说："正好！以前有人说你命里缺水，我还不信，你要去了，倒是缘分呢！"

其实，在这个人生的路口，决定我方向的，与其说是这种缘分，不如说是一种向往与意愿。我向往一个光亮的归处，愿意将人生托付，这才是真正的原因。

1996年的夏天，我跨过珠江，看到珠江流水浩荡，一往无前，我感觉我的人生也如百川归海。

五

我沿着阶梯，第一次走进办公大楼。我在广州最繁华的路段，有了一张可以看见车水马龙的环市东路，也可以看见白云山的办公桌。

我被安排的第一项工作是学习广州远洋的历史。你会看见，她从岁月中款款走来，在艰难中成长、进步。我在文字与图片中看见35年前的1961年4月27日的喜庆，还有在黄埔港喧天锣鼓中首航的第一艘悬挂五星红旗的"光华"轮，海上铁路与中国远洋事业从这里起航了。

我的脚步，从二沙岛到滨江西路，再到环市东路。

三十五载春华秋实，三十五载风雨砥砺。巨轮穿越了世纪的风云变幻，这是一部艰难而辉煌的创业史，是一部海运事业的发展史，也是国家发展史中浓墨重彩的一笔。

那一年，出乎我意料的是，我的重要工作之一是打字。我喜欢看着桌上的那台四通打字机，与打字机一体的键盘被我敲得啪啪响，尤其是当领导站在我旁边看着我打字时，我不得不让自己打得更快些。于是，我很快便有了"本科打字员"的光荣称号。大概那时本科毕业的大学生还不多，能像我这样打字速度达到一分钟一百二十字以上的人还很少吧。

因为我打字速度快，我有时就要帮打字室打文件。不过，也正因如此，我第一次受到批评。那一年，我在四通机上打出一串文字与数字："广远经过35年艰苦创业，到1996年底已成为拥有

15000多名职工，121艘船舶，284.5万载重吨，航行于147个国家和地区1279个港口的大型国有航运企业。当年完成货运量144.38万吨，货运周转量691.1万吨海里。"在修改稿中，数字"144.38"的小数点往后移了一位，改成了"1443.8"，而"691.1万吨海里"的单位改成了"亿吨"。我的科长严厉地批评了我，但考虑到我是帮忙，也是初来公司，就只口头批评了。而我也挺自责的，虽然前一个数字的小数点是原文所写，而我却凭着自己的想象，把"万吨"改成了"亿吨"，因为那是一个我无法计算的天文数字。我那时才具体地看见这是怎样大规模的公司。我重新认识我的公司，更惊叹于一家企业发展35年，就从只有4艘船舶，2.25万载重吨，5条东南亚航线，年完成货运量8.84万吨，发展到如今的规模。

历史，不仅是一组具体的数字，更是一种力量，鼓舞并震撼着我。此刻，犹如当年我的期待，我站立在船头，不，是站在一艘巨轮上，驶向更宽阔的大海，破浪前行。

六

1998年4月27日起，我每天进出办公大楼，都会迎上一位英雄的注视。在那一天，新中国第一艘远洋船"光华"轮的首任船长陈宏泽的塑像揭幕了。他的目光炯炯有神而又坚定，海员帽徽熠熠发光，胸前的望远镜能洞察大海的一切。

他曾参加广东滨海区的抗日斗争。1950年1月，他参加香港招商局13艘船起义，起义的"海厦"轮从香港首次返回广州途中，在虎门附近遭国民党特务破坏，发生爆炸。陈宏泽深情地说："多么盼望祖国有挂五星红旗的航船！"而正是他，出任新中国远洋运输船队第一任船长，驾驶着"光华"轮首航印尼接侨。他制定了一系列的船舶管理制度，多次率船开辟新航线，成功完成国家交给的重要政治、经济和外交任务。他驾驶新中国第一艘油轮——"丹湖"轮经过马六甲海峡时，一整夜时间他都在驾驶台上。他写下的十万余字的航行管理笔记，对中远海运如今的管理仍有重要的参考价值。后来他又任香港友联船厂总经理，呕心沥血，直至为船厂、远洋事业献出自己的生命。

"历半世纪瀛海生涯，香江护产，远洋开拓，两印接侨，更友联创业，乡关建政，有勇有谋多贡献。凭一腔赤诚肝胆，励志洁身，律己虚怀，终生爱国，真立地顶天，斩棘披荆，无私无畏是楷模。"这是陈宏泽光辉一生的写照。

他是一个航海家，是新中国远洋的第一位船长，是中国远洋运输事业发展的见证人、奠基者和开拓者之一。他的个人历史，就是半部远洋发展史。

一个人，为企业贡献，为国家奉献，他是幸运的，更是光荣的。

无疑，他是我的偶像，我愿意在他的目光注视下成长进步，成为一个幸运的人，一个光荣的人。

多年以后，某个初夏，我见到了陈海伦，很自然地我们就聊到了他的父亲陈宏泽。他除了与我一样敬佩他的父亲，也有些惋惜："父亲在友联船厂时，我们作为家属是可以到香港居住的，可以照顾他，那样他的身体就不至于这么差了！但父亲想家属一来，他就不能住厂，不能常和同事们一起了，他又不愿意了。他一生都惦记着他的船与大海！"他的话令我潸然泪下。

英雄是重情义的，和他一样的无数的远洋英雄，都惦记着船与大海！

此刻，我理解了墙上"爱国奉献，振兴广远"的真正意义！

七

1997年5月，我被派往下属的基层企业——建设实业公司。这是以广州远洋基建处为基础而成立、以房地产开发为主业的公司。如果说，毕业来到广远是一进公司，这次就是我的一出公司。

无疑，房地产是当时最为火爆的行业。下海、上天、入地，那正是岸上产业大发展的时期。远东大厦是一个半基建半市场化操作的房地产项目，而接下来的太阳广场、远洋明苑、远洋明珠等房地产项目，让"远洋地产"在广州地产界声名鹊起，甚至获得了许多的业界奖项。

一颗年轻的心，更适合这样的新兴而又变化着的行业。几年里，我似乎对房地产法律有无限的兴趣，对房地产开发的每一个环节涉及的法律热点都乐于研究。我组织与地方法院的专业交流会议，每当我的同事们赞扬我"专业"时，我会想，如果当年父亲说得对，我是五行缺水的，那现在我就是如鱼得水了。

我自豪于自己是岸产企业辉煌的参与者和见证者，也感到十分幸运。我坐在"远晖"商厦的办公室里，抚摸着崭新的办公桌，想起了1996年的那个春天，"远晖"厅的实木嵌石桌面光滑而又温暖的触感。

八

记忆是一位带有太多偏见和情绪的编辑，他常常自作主张地留下他喜欢的东西。

一段艰难的岁月，从1997年下半年开始了，那是难以抹去的记忆。

条块管理使船舶交接成了这一年的主题。

一艘艘集装箱和散装船交出，一艘艘杂货船被接回，甚至交通系统的先进旗帜——全国交通系统"两个文明建设标兵船"华铜海轮也在这一年的10月在大连港被移交给天远公司。在这286天里，广远人的心在下沉，还要做航运吗？什么才是主业？

但是，渡过种种难关的信念，犹如历史的巨轮闯过惊涛骇浪终将胜利一样，早已根植在广远人的心中。

我们的胸怀与大海一样宽广！"航运是广远重中之重，只有航运才能救广远。"是的，对广远人而言，"航运"不仅是一句口号，更是一种毋庸置疑的选择。

2002年的春天，我意外地以基层单位代表的身份做起了考官。我重新审视那些熟悉的面孔，那些成为历史的部门，还有那些未曾熟悉的岗位。我知道，掌握他们命运的不是我，而是他们自己的决心与干劲。

这一个春天，很有春天的气息，一切欢快的鸟语花香，都像春天有力的步伐。

九

这是我二进公司。

2007年，又一个春天，因为代理法顾室经理，我重新回到了广远公司。

还是这栋熟悉的楼，还是每天遇见的熟悉目光，而我的工作却不再熟悉。这里几乎不涉及房地产法律，而是我完全陌生的造船合同。木材船和沥青船还容易理解，半潜船、多用途船等特种船让我无法想象它们的模样。

我没有见到从前的一些同事，他们已经到了一个新单位——中远航运。这个1999年年底成立的广州远洋下属企业，已经于2002年4月在上海敲锣上市了。我羡慕他们，不仅因为他们的效益好，更主要的是他们的文化更年轻，这是我期望的。

我开始有机会数一数那些我从未见过却总出现在眼前的名字："大中""大华""大富""大强""乐鼎"轮等乐字号系列，"安龙江"轮等江字号系列，"赤峰口"轮等口字号系列，还有山海星岭城关湾系列的100多艘船。在这一年，我才渐渐地熟悉了广州远洋的船名，熟悉了全球定位系统、雷达、电罗经、计程仪和报警系统，熟悉了主要的航线和挂靠的港口和地区，听到了许多感人的船员故事。

这也是一段从心虚到充实的过程。以前我总害怕别人问我说：你是远洋公司的，跟我们说说你们的船舶、航线和航海的故事吧！

我常常想，人生不也正是这样的一个过程吗？从悲观走向乐观，从心虚变得成熟，工作中体会到的这些成长的真理，正是我所需要的。

年底，我第二次离开广州远洋。我依依不舍地回望这栋风帆之船，感慨万千！我开始用笔记录自己与广州远洋共同的成长！

十

回到建设实业后，一年多来，我和同事们的工作主要放在了广州远洋大厦的开发上。工地总是比办公室热闹的，每一天我们都能听到远洋大厦建好楼层增加的消息。我也时不时去到工地，看见工程车在紧张作业，挖掘机、推土机的轰鸣震耳欲聋，泥头车来回穿梭，扬起的尘土扑面而来；也能见到钢花四溅、机床轰响，脚手架上有许多身影，安全帽在闪亮……我的鞋子，满是泥尘。

2009年6月15日的早上，看着外边阴暗的天，似乎要下雨的样子，我的心里一阵担心。我并不迷信，却也希望远洋大厦作为新办公楼，在一个阳光明媚的日子里完成封顶仪式，我更期待我写的舞狮仪式主持词能带来好运，带给大厦和以后在里边办公的同事们好运。

令人难以置信的是，就在仪式准备启动之际，我们走上楼顶，一束光柱从天而降，恰好照亮了远洋大厦及周边。那一刻，我相信上天是眷顾我们这一群建设者的。

这样的眷顾与幸运，也降临到了遥远的海上，降临到了英勇的船员们身上。"安泽江""乐泰""乐从""泰安口"轮在不同的海域遇到海盗的武装袭击，船员们毫不畏惧，英勇顽强，抗击海盗，安全归来。

沧海横流，尽显英雄本色。我们抗击的，或许是一种封锁，或许是一种强权，或许是一种人祸，但无论怎样，胜利终究属于英雄。英雄或许是"光华"轮的一员，或许是"银河号"的一员，或许是"乐从"轮的一员，而更多的是每一个平凡的员工。

十一

建设实业的同事们都说我是最幸运的，因为2012年初远洋大厦刚交付使用，我便调入那个我曾期望的中远航运。这是我三进公司了。从远洋宾馆办公楼到珠江新城，虽然地方换了，但广州远洋一直都在，人也依旧，只是旧貌换新颜。

2010年9月，我离开中远航运回到建设实业。这是我三出公司。我主动申请做项目经理并提前参与港湾路项目的一切，我要再为广州远洋建设一栋远洋大厦。有人对我说：不，你要为中远海运特运建一栋中远海运大厦！是的，那一年，新的集团——中远海运集团已经成立，中远航运也在年底改名为中远海运特运了。

十二

2017年1月18日，那一天的开工典礼隆重、热烈。在锣鼓喧天中我接到电话，我被集团派往湖南安化扶贫。

正是暮春，清明刚过，一切都热烈了起来，阳光摆脱了潮湿，显出一层亮色。从长沙南站坐汽车一路往西，我感觉光阴逆转，几小时前的冉冉深绿倒回成香樟树鹅黄的嫩叶了。我是追赶得上时间的人吗，从广州到安化，瞬间回到初春之时？

当县长的第一天，我忙得晕头转向。迎接市里的督察组的督导，陪同调研云台山4A级风景区的开发，回县政府开了个会，再拜访县人大、政协的领导，一切结束，已是下午四点。之后我又坚持去见了中铁某设计院的一行人员，与他们一同讨论铁路线路。我带着他们奔波在山路上，去往几个乡镇，选择最有可能的火车站地址。因为同属央企，我与他们便有了许多共同的话题。我以我扶贫的经历，向中铁公司的设计师们诉说贫穷带给安化人民心灵的痛苦，我知道这些和我一样农村出身的设计师们容易被什么感动！即使不是感动，而是以我的任何努力能争取到这条铁路经过安化，再苦再累也是值得的！要知道，所谓的安化火车站，它只经过县域西南偏远的烟溪镇，到县城的直线距离虽只有几十公里，但中间却隔着绵延雪峰山与柘溪水库，还要绕隔壁县行车四小时才到安化县城。安化有好山好水，物产丰富，但交通却成为短板，如果有一条铁路，安化的发展当健步如飞！我知道，不是每一个人都有机会为民请命，而今天，因为我挂职副县长，才有了这样的机遇！来扶贫挂职就该明白，它更包含着为贫困的安化人民争取发展机会的使命，当官为民才是最自豪与骄傲的！虽然我力量微薄，但只要我努力了，在这条联通张家界与长沙的铁路开通的那一天，或许我早已离开安化，但我会为我今天参与了、做了一点努力而自豪，为自己曾经为安化人民努力争取了利益而骄傲！这是我扶贫工作的骄傲！

我用了半年时间，走遍了安化全县23个乡镇100多个行政村，我对安化的了解已经远甚于对我家乡县的了解。我与湖南沅陵的孙正阳，云南永德的莫伟鄒、兰岳讲述永德的故事，与西藏的徐步、张登波、余贵兵联系。他们都是集团定点扶贫县的挂职副县长。我们从四面八方奔赴而来，在这乡村的土地上奋斗！纵使贫穷是一棵扎根在乡村的树，而又有什么能够阻拦我们将它连根拔起的决心？

2019年10月16日，张莉书记到安化慰问我。她除了视察集团在安化扶贫的项目，也跟我讲海特公司在阳江彭村扶贫的事情。18日，她即将启程回广州。她笑笑对我说："非常好！那时见你，感觉你就是个弱弱的书生，做了两年县长，进步非常大！"我回答她说："我个人没有私心，一心扶贫，依靠集团与公司，与公司共成长才是我扶贫工作取得成效的原因。"她说："你能这样想就好了！"我知道，一个人与一个企业一样，有社会责任，才有发展，才能走得更远！

十三

2019年4月,我结束了我在安化的扶贫工作,特运公司的同事接过了扶贫的接力棒,而我来到了远洋宾馆工作。

我站在远洋宾馆大楼面前,思绪万千。从大学时来过,到三进三出广州远洋,这栋曾经无数次出入的办公楼,如今再次成为我工作的地方。人生就在这样的兜兜转转中成长!

我不是船员,但我是与水有缘的,向往船的。我期待,我站立在船头,驶向更宽阔的大海,成为更美的风景。

十四

我喜欢航船起锚时所激起的那一片洁白的浪花,

我也喜欢抛锚时所发出的那一阵铁链的喧哗。

一个盼望出发,

一个盼望到达……

2021年4月13日

海霞映黎明

这是一种应验!

果然,当我第一次听到张海霞的声音时,和我想象的一样,那是甘洌而清甜的,一如晨曦中传来的婉转,唤醒了黎明,令人抖擞与愉悦起来,吸引着我。

她话语亲切,热情地与我约好采访的时间,并一再表示感谢。此时的我,虽然与她广深两地隔着远远的距离,却觉得她仿佛就在我的面前,脸上带着春风般的笑容,如水流一般柔顺。

更吸引我的,是她带领一帮人创业的故事。

张海霞对自己的公司——深圳中远保险经纪有限公司充满了感情,因为她也是公司的创办人之一。当年筹备成立公司时,她奔波在保监会、贸工局与工商局之间,撰写报告、申请批文、登记注册,耗时一年多。2006年8月18日,公司挂牌那天,张海霞看着那闪亮的公司标牌,内心一阵激动,又一阵柔软。她就像一位母亲看着自己的孩子，目光里满是爱意。

一枝花朵，需要阳光雨露才能成长；一个公司，需要业务才能发展壮大。

张海霞带领公司一班人，安排好中远系统五星旗船舶的水险，又扩充了车险、码头险等非水险。新集团成立后，陆续对接了其他单位的保险业务。集团内的统保工作得到了集团的充分肯定。

但公司不能一直盯着系统内客户这一块奶酪，或许有一天，它就被别人动了。必须"走出去"！只有向外开拓，才能有更多的奶酪。

张海霞开始带领职工拜访客户。她时而在广州、福州，时而在上海、宁波，时而又在天津、青岛、大连，她的时间如花瓣一样，都飘洒在了奔波的路途上。

有一次，就在她走出深圳机场准备回家的时候，电话响了，远在大连、曾经熟悉的朋友欲言又止。她立即明白朋友所在的公司不想再续签合同。她来不及想，更来不及与家人联系，立即购买了去大连的机票。朋友见到她时，一脸惊讶，更被她的真诚与敬业所感动，毫不犹豫又将船舶保险业务交给了她。一句"信你，所以信公司！"是对张海霞这一次努力最好的肯定！

无数次努力，张海霞也获得了无数人的肯定。终于，她的天空，云彩绚丽，灿烂无比！

其实，张海霞作为集团劳模，我对她超强的个人业务能力一点都不怀疑。我知道，这正是所有劳模所共有的优秀特质，而我更肯定，她作为一个管理者，有着不一样的劳模精神。

张海霞把她的业务经验毫无保留地传给公司的年轻人，她希望他们都像一棵棵树苗茁壮成长起来。

在她的带领下，公司团队给客户带来的，不只是更专业、快捷的保险中介服务，还有更全面、细致的保障，以及更优惠、低廉的保险价格。

2018年，公司成功开发了某金融租赁公司的业务，当时的接船量是13艘散货船。张海霞和她的团队，通过一年来专业优质的培训、宣传，成功获得了客户的信赖。2021年，此客户已经增加到36艘散货船，包括船壳险、增值险、战争险、租金损失险、保赔险和抗辩险等险种均通过公司来安排，他一跃成为公司第一大系外客户。

正如中国船东互保协会领导对公司的评价："这个团队像是有魔力一样，你吩咐一件事下去，这个团队的全体员工能拧成一股绳子去干好！"这个团队，2019年为公司创造的利润总额已排深圳地区同行业第5名，成为深圳保险中介市场的一支主力军。在张海霞个人被评为中远海运集团2016年劳模之后，团队又荣获中远海运集团2019年先进集体荣誉称号。

我并不想把对张海霞的采访变成一问一答的记者会模式。我和她随意地聊着天，话题东拉西扯，从学校到单位，从同事到家人，从工作到生活，一个亲切可爱、知心知性的姐姐成为我对她的最大印象。

更吸引我的，是她与同事们的亲情故事。

公司的职工不多，只有十几个人，且都是年轻人，张海霞就是他们的"亲姐姐"。

"真诚服务，从微笑开始"是她给员工们上的第一课。她有时会亲切地捏一捏姑娘们的脸："笑一笑！微笑会带来好心情，好的工作心态！"她甚至会半开玩笑地说："说不定，一个微笑，将带给你美好的爱情！"惹得姑娘们哈哈大笑。这是一个"微笑团队"，走进这里，你觉得每一个人都在忙碌，但每一张面孔都带着笑，听到的每句话都含着笑声。许多客户都羡慕这支和谐友爱、生机勃勃的员工队伍，羡慕公司的良好氛围。

沈姣现在已是公司的工会主席，在她心中，张海霞不只是自己的总经理，更是自己的亲人。她回忆说："2006年6月，我来公司报到，海霞姐问我住哪儿，还一定要去看看我租住的出租屋。当她看到出租屋里被子、用具都还没有，而天色已晚，她便带着我到她的家里，安排我当晚的住宿，还收拾出一套自己家用的卧具给我。那洁净、清香、舒适的被子带给我安心，从那一刻起，我就知道自己愿意一直在咱们公司工作。"

"我把公司营造成家庭，使同事成为亲人，让大家和睦愉快地工作，这样才可以把每个人最大的热情和能量激发出来。"正是这样的理念，让张海霞把公司经营成了一个团结友爱的大家庭。

张海霞别有兴致地跟我聊起了读书，感触颇深。她通过自己的经历明白，要成为一个内心丰满的人，读书是最好的途径。于是，她在公司建立读书角，购置了各类书籍。她和大家一起读书并定期进行好书分享，让员工走上讲台演讲，培养演讲的能力，每月对一名员工的演讲进行点评，提优指缺。经过2年的职工"读一读""讲一讲""演一演""评一评"的方式，每位员工的演讲能力都有了很大的提高，无论是拜访客户、举办客户座谈会，还是参加各船东、保险人的活动，员工们上台都能掌控各大场面，介绍保险、宣传公司，表现得从容自若、大方得体，给公司亮出了不一样的名片。建立学习型团队的初始目标已经实现，而更让张海霞感到高兴的是，她能明显地感受到每一位员工内心的日渐丰盈，他们面对这个纷繁世间更从容与自信。

张海霞看着他们来公司报到、成长，越来越优秀，也看到他们开始甜蜜的恋爱，购房、结婚、生子。"这一系列的人生大事都在我们这个大家庭中实现，我感觉我很幸运！是他们鼓励了我，唯有做得更好才不辜负大家给予我的信任、支持与厚爱！"

是的，她做得更好了！

只要有"保险二代"出生，她都会第一个到医院看望。看着那初生婴儿的样子，她总能到新生命带给她的无穷力量，感受到新生活的美好。而每年的六一儿童节，她都会自费为孩子们购买衣服和节日礼物。每一位员工、每一位家属都能深深地感受到，这是一个和睦的大家庭。

在张海霞的心目中，公司业绩的提高主要靠同事们团结一心，既要严管，也要善待。只有尊重和关心员工，使员工对公司有认同感和归属感，他们才能心悦诚服地接受严格管理。

张海霞也对自己要求更高了。2020年春的新冠疫情，就像滔天的恶浪，汹涌而来。她一如往常，第一个到公司，把办公室仔仔细细地消杀一遍，让员工们在安全、卫生的环境中办公。望着窗外空荡荡的街道，她一直在想：如果有危险，那我一定第一个挺身而出。我做到了，才能给同事们一个好的环境，一个好的生活，一个好的愿景。

疫情最严重的时期，张海霞也没有歇着。她利用公司微信平台，累计推送防范新型冠状病毒、防损文章二十多篇，既涉及对船舶、租约、船员的法律和保险问题的研究，也包含世界各国港口疫情及限制政策、船舶防范疫情详细措施等信息，因兼具时效性和专业性，赢得良好的市场口碑，为公司打开了新的营销局面。

采访完，我们开始轻松地聊天。她开始说起以前读书的一些事情，又谈到"光华"轮。她突然说，最近才知道，父亲是"光华"轮船员，三次到印度尼西亚接侨。

她开始讲她的父亲，语气立即转为庄重与崇敬。当她带领同事为公司获得集体荣誉时，她也和同事们一样，把自己获得的奖励寄给了父亲，让父亲与她一起分享喜悦。父母远在天津，她只有春节长假时才能去看望父母，有时因为工作忙，只能打电话问候他们。这时，她的话语中有一丝温柔，也有一丝自责，我能感受得到，她与父母情深。

真正令我感动的，不是劳模的突出业绩，而是劳模的高尚品德。正是她的如姐姐一般的亲切，冰心可鉴的孝心，让我更能感受到劳模就在身边，劳模是可以学习的。只有像她一样具有高尚品德的劳模，才是真正的劳模。

当我看到她发给我的工作照时，我感叹：再一次验证了，一个人内心所有的美都会体现在外貌上，如花一样绽放在面容上！她正如我所想象的劳模那样，有情感，有事业，有品德，就如黎明中的海霞，清新而绚丽多姿，方显美丽。

我喜欢这样一个既有着江南的温柔和细腻，也有着北方的直爽与敬业的女子。我羡慕在张海霞身边的同事，与这样的劳模在一起，是一种快乐与幸福！

一个中国船员的乐事

我犹豫了很久,要不要与叶红才联系,毕竟他是来疗养的。没想到,他一参加完欢迎仪式,还没回房间,就在我们宾馆同事的带领下,在餐厅里与我相见了。这是我们第一次见面。他沉稳而帅气,完全符合我对山东汉子以及劳动模范的想象。

他跟我客气地说了几句,就脸带笑容听着在座其他人说话,既没有套近乎,也没有一丝的厌烦。他抽时间和我持续地聊着,说一些他的情况。我能感受到他从骨子里透出来的认真与执着,这是他给我的第一印象。

果然,他的故事印证着我对他的第一印象和想象。

1999年,叶红才大学毕业,就投身于他心爱的航海事业。每一艘载他远洋的船,都能给他一份如老友一样的亲切感,如知己一般的宁静感。对于这片净土,他无限热爱与依恋。

"远宁海"轮是他最有感情的船舶之一,而他对它一生的铭记,是那一句从甲板传过来的高喊："已经不震动了！已经不震动了！"他记得那一刻整个甲板都沸腾了，大家欢呼雀跃，击掌相庆，手中的秒表显示：22秒，时长达标。他长舒一口气，快意地笑了。至此，经过16天的鏖战，困扰"远宁海"轮3个月之久的抓斗震动问题终于彻底解决了。

"远宁海"轮由于服役年限长，加之使用频繁，内部结构磨损、老化严重，4号抓斗出现严重的问题，一打开就剧烈抖动，给船舶克令吊、克令钢丝、克令吊臂支撑轴等带来额外工作负荷。尤其是在抓斗抓货载重时，瞬间超强的额外工作负荷极有可能造成克令钢丝崩断、克令吊臂变形或折断等严重后果，对船舶和船员的人身安全构成巨大的潜在威胁。而实际上，"远宁海"轮的6个抓斗中，有5个抓斗有这样的问题。

怎么办？

如果返厂维修，一个抓斗的修理费用就要七八万元，往返运输费用也要两万元，而且返厂修理会影响船舶正常作业，耽误船期。而如果不修，就有可能造成人身事故和机械事故，也延误船期，遭到租家索赔，给公司造成额外的经济负担。

"必须修！靠自己修！"这是叶红才最直接的想法。在第一时间，他成立了以自己为组长的攻关小组。

但是，现实是残酷的！"远宁海"轮的抓斗高度、闭合宽度、打开宽度等与其他船舶不同，且抓斗锈蚀严重，就像一个顽固的敌人一样，根本无从拆解。

"看来这样做行不通。"

"要不看看其他的？"

"图纸上已经没什么可以查到的东西了。"

"我们再去现场看看吧。"

……

无数次的现场察看，无数次的研究讨论，无论白天黑夜，无论晴天雨天，叶红才都在苦思冥想。海水浸不湿他的想法，海浪打不断他的努力。终于，就在一天清晨，一个成熟而可行的办法，如朝阳般跃出了海面。

时机终于来了！

2016年9月11日，这一日的锚地风平浪静，海风轻柔，阳光灿烂，"远宁海"轮一动不动，一切都安稳牢固。叶红才清楚地记得，他在工前会做了深入细致的安排，一切就绪了！加装缓冲垫，反复调整，多次试验，4号抓斗的震动依旧！叶红才和他的攻关小组的分析研判、一切办法、精心布置全成为泡影。失败了！有人像泄了气的皮球，失去了信心和干劲。但叶红才没有，困难和失败只能使他更加坚定。

他重新分析有关的数据，重新勘察抓斗的构造，一个新的想法油然而生。但这次，他没有贸然行动，而是采取了更可靠的办法。他向公司安技部寻求支持，联系上了生产厂家。安技部与厂家研究后的回复是："将抓斗闭合，在抓斗不落地的情况下，去测量缓冲垫与顶板的距离；通过加垫板的方式，将该距离调整到

10～20mm，这样抓斗的震动就会减小。"这个回复让叶红才心里乐开了花，他再次分析得出的结论得到了支持。

9月21日，经过"漫长"的准备后，攻关小组将抓斗闭合后吊起，重新对4号抓斗缓冲垫部位进行改造，以减小或消除抓斗震动的缓冲间隙值。为保证每个间隙值都能得到测试，攻关小组决定将缓冲垫与顶板间隙从0cm逐渐调大到7cm，并且每增加1cm进行一次震动试验。

"老轨，已经调到7cm间隙了！"

"好！再试验一次！"

克令启动的嘶吼声中，抓斗开始启动，叶红才的心充满了期待！然而，就抓斗一开一合间，甲板仍然随之颤动，叶红才的期待瞬间被震碎了！沮丧、挫败、失望的情绪，就如海面上的乌云，笼罩了所有人。叶红才的再次分析是错误的，他再一次遭遇失败！

"必须继续探索新的方法！"叶红才斩钉截铁地说。于是，接下来的几天，叶红才和他的攻关小组又从加装节流装置、减慢回油速度、降低抓斗打开速度等各方面进行尝试，虽能减轻甚至消除震动，却会严重影响装卸货速度，不实用，绝不能算是成功。

有人悄悄地问："老轨，看来是没办法解决了，要不返厂修理吧？"有人看到其他船的克令吊臂断了，不无担心地说："看到右边那条船没有？如果咱们修不好，你不担心也发生那种情况吗？"

"加装节流阀的办法不实用，我也很失落，但我从未想过放弃，因为我们还有时间继续尝试！"叶红才仍然充满信心。虽然一次次的失败也让叶红才感到痛苦、失落，但他不会因失败而停止前进的步伐。相反，每一次的失败，他都以勇气和智慧作回击，这正是一个与平常人不同的劳模特质，是他那颗勤恳敬业、以船为家的远洋赤子之心的真实写照！

"装货前一定能修好！不能轻言放弃！"叶红才的话极大地鼓舞了大家的士气。叶红才重新对缓冲垫与顶板间隙调整法进行演示、测试和评估。正应了那句话，不经历风雨，怎么见彩虹，就在一次次的演示过程中，细心的叶红才发现抓斗打开过程中，在回油经过节流的情况下斗体仍然会快速下降，这佐证了抓斗震动是由缓冲垫与顶板之间间隙引起的猜想。此外，叶红才还发现了一个十分容易被忽视的重要细节，就是以前每次间隙调整都是按照厂家指示，"在抓斗不落地的情况下"进行的，而抓斗落地后间隙就会增大。由于大家对生产厂家的建议深信不疑，以至于之前的调试都没注意到这一细节。

经过认真分析、仔细评估，叶红才决定增加减震块的厚度，使抓斗在落地的情况下缓冲垫与顶板之间的间隙为零，这与厂家提出的抓斗离地相比，缓冲垫又增加了9cm的厚度。

胜利的这一天终于到来了！

9月26日，随着叶红才一声令下，早就做好一切安全措施的机工长带着工具爬到了抓斗顶端。焊花飞溅中，一块9cm厚的覆板俨然贴在了抓斗的上方。

"测试开始，起吊！"叶红才发出了指令！克令再一次发出轰鸣声，叶红才和攻关小组人员的心都提到了嗓子眼，视线更是紧紧地盯在抓斗上，大气也不敢喘。

抓斗缓缓地打开，没有震动！

抓斗又慢慢地关闭，没有震动！

"我们成功了！"叶红才大吼一声。这一声吼，既是向船长的报告，也是对自己经历了无数次失败后终于成功的宣告！

大家激动地拥抱在一起，纵情高呼，有人甚至高兴得流下了泪水。

叶红才没有停歇，他们又在1号抓斗上进行了试验，也达到了正常的工作要求。之后，按照同样的方法，"远宁海"轮的2、3、6号抓斗也进行了维修，终于彻底解决了抓斗震动这一老大难问题，消除了船舶安全隐患。

成功来之不易，辛劳浸润其中。从9月11日至26日，短短16天时间，叶红才带领攻关小组，以他的智慧、毅力与执着，彻底解决了抓斗震动的难题！此刻，他想到的，是一串与他同甘共苦的兄弟船员，许崇玉、王文好、孙明山、许相超、徐明星、陈国强……叶红才一直相信，他的成功是他们共同的成功，他们为祖国的远洋事业而奋斗的情义，就如这海水一般，绵延而不可斗量！

而叶红才的故事，也和这海水涌起的浪花一样，一朵一朵地开放！

"海鲁"轮是叶红才2017年上的船。

"海鲁"轮长期以来空调制冷效果不理想，多次修理均无法改良，最热的时候开启了空调，房间温度仍超过 32℃，不仅严重影响船员休息，也增加了船舶 PSC 检查滞留的风险。

叶红才看在眼里，为船员们的艰苦痛在心上。他发誓要解决这个问题。在经过冷凝器清通、蒸发器清洗、添加制冷剂等一系列常规工作后，未取得明显效果。他找来检修记录，发现空调的各种冷剂与备用的膨胀阀完全不适配。

叶红才对空调的参数变化做了详细记录，并与集控室小空调的参数进行对比，得出结论：外界热负荷超过了膨胀阀的制冷能力。虽然备用膨胀阀的额定制冷量小，但它是专用阀。他决定做一次大胆的尝试——更换膨胀阀。果然如他所料，在更换了一号膨胀阀后，房间温度下降了 2℃。他们乘胜追击，又更换了二号膨胀阀。经过一段时间的反复观察调整后，制冷效果有了明显改善，房间温度下降了 6℃。经过三个多月的努力，无数次的调节试验，在没有航修和额外开支的情况下，叶红才顺利地解决了空调制冷效果差的难题。

每当走进同事们的办公室或宿舍，感受到那凉凉的冷气，他的心中就充满亲切感。他总是为自己能为同事们做一点事而高兴。

他为同事们做的事，还有解决造水机造水量少和盐度高的问题。淡水，无论在陆地还是在海上，都是生命延续必不可少的。叶红才以他的聪明才智和刻苦钻研，为船员们带来了更多生命般珍贵的淡水。而他从来都说："是公司给了我工作，是远洋事业给了我第二次生命！"是的，他愿意以生命来回馈公司、回馈祖国的远洋事业！

叶红才，以他的努力，获得了无数的荣誉，而他却说："其实我只是认认真真完成了自己的本职工作。集团给了我如此高的荣誉，我备受鼓舞，今后我将加倍努力，不断学习，完善自己，率先垂范，影响和带动身边的人，为'一带一路'的建设，为远洋事业的蓬勃发展，奉献自己的绵薄之力。"

此后，我与叶红才断断续续地联系着，聊着一些无关紧要的话题。他看到我的读书会，也问及一些问题，不过他有些羞涩，说虽然他也经常看书，却不太能和我们交流。我问他原因，他停顿了一下说："我只看专业书，上船也只带专业书。"然后他列了书目给我：《船舶主机》《船舶辅机》《轮机英语》……我对他的钦佩顿时涌来，许多时候，我们离开了学校，就放弃了专业学习，靠着大学时的知识应付着工作。只有像他一样，无论生活怎样变化，都坚持着专业提升，时刻准备着，才是工作中的真正强者。叶红才的成功是有原因的。

因为我没有上船的经历，我便请他给我讲讲船上的乐事。他写出来发给了我：

2018年在澳大利亚阿德莱德港卸货，码头工人对船上的克令吊（装卸货设备）要求非常严格，使用前不但仔细核对证书和检验报告，还要现场做最大负荷试验。在使用过程中，只要设备稍有问题就会遭到工人的投诉。由于我们的船船龄较大，设备老化，很难保证使用过程中不出故障，为了避免被投诉，我们一方面加强对设备的保养，另一方面仔细研究说明书，做好处理突发情况的准备。

在卸货过程中，一号克令吊突然出现起升速度变慢的故障，接到通知后我们立即到现场处理，此时操作一号克令吊的码头工人正准备离船。据说他们离船后拖很长时间才能回来，期间的损失由船上承担。为了减少损失，我立即与工人沟通，告诉他们很快就能修好，请他们在船上等待。一开始工人极不配合，执意要离船，他们的理由是很多船出现类似故障，修理起来需要几小时，不可能在短时间内修好。在详细了解故障情况后，我向工人保证15分钟内修好。码头工人用怀疑的眼光看着我说："你们中国船员不可能在这么短时间内修好，假如真能修好，这次故障就当没发生过。只给你们15分钟，现在开始。"

由于准备充分，我们的轮机团队仅用10分钟就排除了故障。看着码头工人向我们竖起的大拇指，我们非常自豪。通过这件事，相信他们不再怀疑中国船员的能力。

我有些意外，显然，他讲的乐事与我的想象完全不同。因为在他的心中，乐事不是博人一笑的几句俏皮话或逗趣，而是中国船员的能力，是祖国远洋事业的壮大，是祖国的强大！

叶红才，不只是一个劳动模范，更是一个心怀远洋、心怀祖国的船员。

2021 年 4 月 30 日

比山更高的丰碑

一、赞歌

草原山野上苍茫无际的阳光,
季风剥蚀了岁月丝丝缕缕,
起伏皱褶里的大地山川,
流淌着生命不息的渴望。

从沿海之滨来到昂曲河畔,
与寂寞和冰雪相伴,
带着嘱托与使命,
诉说心中的情愫与守望。

温暖的海风吹走藏东高寒,
甘霖雨露绘出新的画卷,

有一种经历让人无愧向往,

有一种情怀让人终生难忘。

没有比高原更挺拔的山梁,

没有比海洋更深沉的情感,

每一片细语的格桑花瓣,

都是一曲讴歌奉献的乐章。

二、从洛隆到类乌齐

有一种关怀,情深意切;有一种嘱托,厚重如山。

在西藏的历史坐标中,2015年的夏天注定分外闪亮:8月24日,习近平总书记亲自主持召开中央第六次西藏工作座谈会。

高原在奋进!西藏各族人民有了高扬的旗帜、坚定的自信。高原儿女始终感恩,披荆斩棘、一往无前,高原大地始终激荡着感恩奋进的激昂乐章。

在藏东大地上,雪山巍峨耸立。中远海运已经在洛隆对口援助了13年,而正是在这个夏天,中远海运再出发、再担责,在西藏自治区援藏格局调整的要求和统一安排下,类乌齐县成为中国远洋海运集团又一个对口援助县,中远海运也因此成为一座比山更高的丰碑。

三、闪亮地刺痛

类乌齐,这在藏语里就是"大山"的意思,它地处念青唐古拉山余脉伯舒拉岭西部,唐古拉山余脉他念他翁山东端,静静地伸展着6340多平方公里的身躯,吉曲、柴曲和格曲河自西北向东南流淌。一颗藏东明珠,静谧而安详,在奔腾不息的河流边,在青翠宁静的草甸里,在五颜六色的花海中,在直插云端的雪山上,闪亮着。

然而,闪亮又刺痛人心的,还有类乌齐的贫困。

类乌齐平均海拔4500米,地势高耸,岭谷高低悬殊,沟壑纵横,路况险峻,雪灾霜冻常有出现,自然环境恶劣,经济发展滞后,基础设施薄弱,医疗卫生资源匮乏,地方教育发展水平较低,公共文化设施薄弱,农牧民冬季的生产生活用水也常常得不到保障。就在中央第六次西藏工作座谈会召开的2015年,类乌齐县还是国家级贫困县,全县共有建档立卡贫困户3761户16834人,贫困发生率高达32.6%。这是多么刺痛人心的数字啊!

四、初到类乌齐

2016年8月,青岛正处于炎热的夏季,而类乌齐的油菜花还在盛开。

余贵兵在成都转机,到达昌都邦达机场时,清凉的风吹在脸上,让他仿佛闻到了白云的味道。

坐车前往类乌齐,一路风景如画,然而余贵兵根本无暇欣赏这美景,高原反应正像有力的铁箍,扎得他头痛欲裂。他双目赤红,嘴唇发紫,仿佛车辆每晃动一次,都要把他的脑浆摇晃一次。此时,他想起了习近平总书记给援藏干部的寄语:"在高原上工作,最稀缺的是氧气,最宝贵的是精神。"他知道,这是一时之苦,自己年轻,一定能很快消除高原反应,适应高原气候。

在类乌齐的第一晚,余贵兵就在缺氧、头疼与精神亢奋中度过!

而无论是余贵兵,还是第二任扶贫干部董建华,这样的经历都是共同的。他们与高反作斗争,也与类乌齐的贫困作斗争。

五、真正的考验

任命很快就下来了,县委常委、常务副县长,这是多么令人羡慕的职务,但是,余贵兵有些坐不住了。

从青岛到类乌齐,除了到中远海运集团报到,没有指导手册,没有培训,没有人交接教学,甚至连一个熟悉情况的人都没有,县里没有人可以告诉他怎么扶贫。此外,没有预算,没有资金投入,难道在接下来的几个月里,都只能"空想"?看着早自己一个月来到的第八批重庆援藏干部的扶贫项目正开展得如火如荼,余贵兵颇有些尴尬。

好在,此前在洛隆县扶贫挂职的集团同事徐步留任昌都市政府副秘书长兼中远海运第九批援藏工作组领队,余贵兵便经常给他以及洛隆新任扶贫干部张登波打电话,了解洛隆的扶贫做法。

余贵兵去了一趟宣传部长的办公室,抱回来一大摞书。他知道,要做好扶贫工作,一定要认真学习。从此,无论在办公室还是在宿舍楼,都能见到他勤学苦读的身影。他学习党的十八大以来习近平总书记关于扶贫的系列讲话,特别是"治国必治边,治边先稳藏"的战略思想和"加强民族团结、建设美丽西藏"的具体要求,掌握藏区民族宗教政策。

"进藏干什么、在藏做什么、离藏留什么",这是他常常思考的问题。必须摸清群众所思所盼,找准援藏切入点。余贵兵在接下来的日子里,没有坐在办公室,而是更多地俯下身,沉基层,拜访群众,很快,他便走遍了类乌齐全县2镇8乡,用他的眼睛去发现类乌齐的需求。

经过与徐步、张登波的不断沟通,援藏干部管理、援藏项目管理、援藏资金管理等一系列管理制度建立起来了。经过与县里有关部门沟通协商与认真研究,余贵兵带领人编制完成了中远海运集团"十三五"援藏项目规划,包括易地扶贫搬迁安置点建设、教育、医疗、干部人才培训、基层组织建设、困难帮扶6个方面,同时制定了2017—2019年的项目计划,中远海运集团在类乌齐的援助从此有了蓝图!

六、第一个项目

在类乌齐北部距县城105公里的地方,有一扇"昌都北大门"——长毛岭乡,而它到青藏边界是同样的距离。在这片近900平方公里的土地上,生活着不足8000人,几乎都是牧民。美丽的协塘村,水光山色,却贫穷落后。

村里来了一位年轻人,他的肤色白净,戴着一副眼镜,穿着夹克衫。显然他不是本地藏民,他就是县委常委、常务副县长余贵兵。

他看见次仁永吉从山上空手归来,一棵虫草也没有挖到。这个可怜的姑娘,从小失去了父亲,母亲也重病在身,无法放牧。她白天上山挖虫草,晚上便与家人挤在半山坡上的矮墙里。她家是远近闻名的贫困户。

余贵兵暗下决心,一定要改变村民的居住环境,一定要改善次仁永吉的生活条件。

年底,上海,中远海运集团公司的会议室里,扶贫办正召开扶贫项目讨论会,余贵兵坚定地说:"类乌齐的第一个扶贫项目,应当是协塘村的易地搬迁项目!"随着余贵兵的叙述,与会的领导们被村民们住房条件的落后震惊了,也被余贵兵的热情与深情感染了。就这样,中远海运援建类乌齐的第一个项目——长毛岭乡协塘村易地搬迁项目确定了!

余贵兵严格按照"六靠、五方便、两避让"的选址要求,通过实地走访、召开大会等形式,广泛地向易地搬迁户征求意见和建议,又统一签订了意向协议书和承诺书。余贵兵知道自己并没有管理基建项目的能力,因此,他毫不犹豫地把项目给了县有关部门来实施。他们熟练地完成前置手续,公开招标、监理、施工,一切都按部就班地开展起来。

两年后,一排排安置房矗立在阳光下,白色的墙面与白云相互映照着,喇嘛红洋溢在每一个人的脸上。鲜艳的"中远海运"字体,在安置村里与红旗一样鲜艳。

次仁永吉兴高采烈地向我们介绍着她的新家，120平方米的两层楼房，一楼是宽敞的院子，二楼的阳光房里种了许多的花，花团锦簇下的客厅，摆上了各式水果。墙上挂着五位领导人的群像画，还有习近平总书记接见藏族代表的照片。次仁永吉骄傲地说："连家具都是配置好的，只需要带上自己的衣服就可以入住了！感谢党和政府，感谢中远海运集团，让我们住上了新房，这是我一辈子都不敢想的事情，现在都实现了！"而她的母亲，虽然听不懂客人们的提问，但她的脸上闪着光，笑着不断地点头。那是一种发自内心、一种无须语言就能表现出来的幸福感和满足感。

和她们一起搬入协塘村易地搬迁安置点的，还有来自长毛岭乡全乡的49户贫困户250人。他们再也无须弯着腰屈在低矮潮湿的黑暗泥房里，再也无须在冬天里忍受刺骨的寒风了。

次仁永吉给客人们端上酥油茶，告诉客人："我已经在牛肉厂上班了！"原来，在易地扶贫搬迁时，余贵兵牢记"搬得出、稳得住、能发展、可致富"的目标，和搬迁对象精准对接、签订搬迁协议的同时，还签订了就业协议，让这些易地搬迁的贫困户住得起、住得好，让贫困户精准入住、精准脱贫。

当我与余贵兵聊起这个项目时，他已回到青岛。他在电话里沉默了一会儿，说："我实现了自己的诺言，改变了村里的住宿环境，改善了次仁永吉和像她一样许多人的生活条件。我无怨无悔！"他说这些话的时候，中远海运集团已经在类乌齐援藏三年了，不仅在协塘村，还在桑多镇扎西贡村、桑多新区新建了两个扶贫安置点，实际投入1800多万元，改善了当地100多户农牧民的生活生产条件，也改变了村容村貌。中远海运援建的安置点，也成为类乌齐村（居）示范点。

七、最美的格桑美朵

当穿着藏袍、戴着美丽头饰的桑阿曲珍坐在我的对面时，我感觉一朵最美的格桑花开在我的面前。我能看到一朵花的幸福！

她是类乌齐一小四年级2班的学生，她的爸爸罗卜次仁文化水平低，没有固定的收入，母亲有病，需要长期吃药。父亲曾经拉着她的手，悲伤地说："孩子，你还是别上学了，回来干活吧！"懂事的桑阿曲珍知道父亲的艰难，但她非常渴望上学。

正是这个时候，中远海运集团在洛隆成功设立的"中远海运·格桑美朵"奖助学基金开始在类乌齐寻找帮扶对象。根据学生就读学段和表现情况等具体标准，基金会向受助学生发放数额不等的助学金，解决品学兼优但家庭贫困的学生继续学业的燃眉之急。

桑阿曲珍因为学习成绩优异，自然成为"格桑美朵"资助的学生。她获得了每年1000元的资助，再也不用担心失学了，而她学习的积极性也更高了。

她在感谢信中写道："在中远海运集团的帮助下，我们感受到了来自社会大家庭的温暖。你们一直努力用一颗炽热的爱心为我们添加绚丽的色彩。你们强烈的社会责任感和无私奉献的精神，必定会在我们身上生根发芽，并且在我们的身上延续发扬。我们会奋发向上，不辜负你们的殷切期望，以优异的成绩来回报社会！回报祖国！"信件是打印出来的，桑阿曲珍仍然抑制不住自己感恩的心情，用笔在信末恭敬地写下了"扎西德勒"四个字。这是一个藏族儿童对恩人的感谢，也是对祖国的祝福！

宗珠桑布比桑阿曲珍更幸运。

宗珠桑布的父母体弱多病，他从小被就寄养在亲戚家，到了上学年龄，他只字未识。小学时，因为基础差，他的语文经常只考60多分，数学也只有70多分，比别的同学差不少。他自己老想起爸爸的话，"都小伙子了，读书有什么用呢？还是回去放羊更自由！"

但因为"格桑美朵"的资助，宗珠桑布下定决心，一定要以优异的成绩毕业——这样才能对得起中远海运集团的资助！在老师和同学们的帮助下，宗珠桑布的学习成绩大幅提高。不仅如此，他还以自身受资助的实例说服那些有退学想法的同学，甚至说服他们的父母。连老师都特别感谢他。过去，老师们总要在开学之初到处找学生，让他们回到学校读书，而如今，宗珠桑布成了学校最得力的助手，他让家长们都愿意把孩子送到学校来了。

如今，宗珠桑布已经读八年级了，他的职业规划已不再是"放羊"，而是医生、网络主播……

在感恩信中，他写道："你们的爱心，我们纵有千言万语也不知如何表达，只有用行动来表达感恩。我们一定会刻苦学习，用优异的成绩来回报你们的爱心捐赠。我们也一定要向你们学习，树立远大的理想,早日成为国家的栋梁,决不辜负你们的殷切期望。"

不只是这些藏族儿童要感谢"格桑美朵",我的内心也充满了感激:我们的教育援助,不只是资助孩子完成学业,考出好成绩,它更像一个太阳,温暖着雪域高原的贫困学子。他们在资助中受教育,完善自己的性格与品德,这才是教育资助更广阔的社会意义。

八、共同的名字

一个胖脸的小男孩在乡党委书记昂旺曲珍的带领下走进了会议室。小男孩有些紧张,我便要他坐到我的身边来。

我把右手搭在他的肩上,挺直了腰板:"看看我们俩谁高!"

他转头看着我,见我直挺挺的,便也挺直了腰,似要与我比高。我哈哈大笑。

"你叫什么名字?"

"白玛仁青。"他在我的请求下,在我的笔记本上写下这四个字。

"这个名字藏语是什么意思?"

"是宝贵莲花的名字。"

"好名字!借给我用一下,可以吗?"

"当然可以。"

"好!现在开始,我就是大白玛仁青,你就是小白玛仁青!"

"你是大白,我是小白!"

"小白在班上成绩怎样?看看我们俩谁好!"

"我第二,你呢?"

"哈哈,我可是第一哦!"

"那我下次一定和你一样,做到第一!"

"好!我们就这样约定啊!"

这个和我愉快地聊天的孩子,是伊日乡五年级的学生,我想把采访变成一次开心的聊天。

"我和你除了名字,还有一样共有的东西,你知道是什么吗?你仔细看看!"

他有点不相信,但还是闪着他明亮的双眼在我身边搜寻起来。"书包,这个书包!和我的一样,是'远航·追梦'书包!"我曾经受集团委派,到另一个贫困县——湖南省安化县扶贫挂职,集团向对口扶贫的五个县捐赠的书包,都是在安化县统一定制的。自从到安化扶贫,无论走到哪里,我都背着这个带着我们集团教育扶贫特色的"远航·追梦"书包。

"还有什么是'格桑美朵'项目给你的?"

"还有热水杯!"

他说的热水杯,是"格桑美朵"项目为了解决学生冬天喝冷水容易生病的难题,特意给伊日乡小学343位学生和老师配备的。

"水杯好用吗?"

"太好用了!不用花钱,就能喝上热水了。"

"以前用什么喝水?"

"以前不喝水。"

"哪些人有水杯啊?"

"同学们都有。"

"你爸爸妈妈有没有?"

"没有!他们可羡慕我了!"

"我也羡慕你呢!你在班上做班干部吗?"

"我做劳动委员。你以前做什么?"

"我做班长哦!要不要跟我一样?"

"要!"

"那你得认真学习了。等你做了班长,告诉我,好不好?"

"好!"

"长大了想干什么?"

"我想当特警。"

"为什么呢?"

"特警富有正义感,能保护老百姓,能保家卫国,是最帅的人!"

"那你可要锻炼好身体啊!"我捏了捏他的手臂。

"我很强壮的!"他握着拳头,竖起自己的手臂,好像要展示自己的肌肉一样,在场的人都笑了起来。

"你果然很帅!还有哪些人你觉得很帅啊?"

他偏着头想了一下:"你们最帅!做好事,帮助别人的人最帅!"这是一句我完全没有料到的回答,是出自一个纯真少年最朴实的回答,也是最令我感动的回答。

中远海运集团自2018年设立"中远海运·格桑美朵"奖助学金以来,资助了类乌齐县15所学校的670多名师生,投入资金

69.2万元。它解决了一些贫困师生在生活中存在的实际问题，让教有所依、学有所依成为现实。"格桑美朵"，就像一朵善良、幸福之花，在每一位受益人心中开放，温暖了人心。爱浇灌了雪域格桑，这应是中远海运教育援助的更深层的意义。

九、共同的胜利

如果3年只是时间长河里的一瞬，那这一瞬就是中远海运集团在类乌齐最闪亮的时刻。一份完整的项目表，让人看到一个中远海运集团公司的社会担当，看到中远海运人牢记使命，不畏艰险，不忘初心，继续前行，以实际行动践行援藏誓言，以高度的责任心投入到类乌齐经济社会发展的潮流。

2017年援藏资金共计650万元，建设长毛岭易地扶贫搬迁项目，开展县中青年干部培训班，对基层党组织开展帮扶。

2018年援藏资金共1080万元，建设桑多镇扎西贡村易地扶贫搬迁项目600万元、类乌齐安全饮水工程300万元，实施"中远海运·格桑美朵"奖助学金项目70万元，教育帮扶项目30万元，人才培训40万元，民生济困40万元。

2019年援藏资金共1300万元，类乌齐扶贫开发区安置点工程建设600万元，自来水厂管网工程560万元，"中远海运·格桑美朵"奖助学金项目70万元，青年干部人才培训40万元及其他民生项目30万元。

……

然而，我们看到的，也只是计划内的援藏资金与项目，更多的是来自像雪山一样高远，像白云一样无处不在的爱心。

中远海运基金会追加资金、中远海运各单位捐款、中远海运员工捐款、扶贫干部亲朋捐款……

正如类乌齐县委常委、宣传部部长阿春所讲的一样："感谢中远海运集团对类乌齐的帮助，中远海运集团切实按照党中央、国务院的有关要求和总体部署，整合资源、强化责任、加大力度、协调配合，从人力、物力、财力等多方面，多角度、宽领域、全方位开展扶贫开发工作，积极主动为类乌齐人民群众解决实际困难，让类乌齐在短期内就在经济社会发展、民生、教育和许多的方面都发生了翻天覆地的变化，中远海运集团为类乌齐的发展作出了巨大贡献，感谢中远海运！"

十、历史的担当

全面建成小康社会，一个不能少；共同富裕路上，一个不能掉队。打赢脱贫攻坚战，企业扶贫彰显巨大潜力。作为中央企业，中远海运承担着西藏类乌齐、洛隆，湖南省安化、沅陵县，云南省永德县共五个县的对口扶贫任务。

董事长、党组书记许立荣曾经动情地说："2002年以来，中远海运根据党中央、国务院的要求，对口援助西藏自治区昌都市洛隆县，在全球经济下行、自身发展任务重的压力下，坚持把洛隆的事作为自己分内的事，加大对口援助力度、拓宽援助领域、完善援助机制,竭力帮助藏区加快发展,增进群众福祉,让这个远在藏东雪域高原的内陆县城感受到了中远海运的气息。"

对口援藏,一切作用力最终要落在当地人民群众身上。民生,是中远海运援藏工作的重中之重。在谈及对口援藏工作时许立荣如是说:"我们从2002年开始对口援藏工作,16载光阴,却足以让洛隆县与中远海运集团彼此铭记和牵挂。在实际工作中我们将输血和造血结合起来,不仅要给予直接援助,还要把目光聚焦在形成洛隆自我发展能力的方向上,加大对口援助力度、拓宽援助领域、完善援助机制,竭力帮助洛隆加快发展,增进群众福祉。"

18年间,中远海运集团先后选派了9批18名干部赴洛隆、类乌齐开展援助工作,投入援藏资金1.967亿元,实施援藏项目111个,为推进洛隆、类乌齐跨越式发展、长治久安和全面建成小康社会作出了巨大的贡献。

面对众多的对口支援项目,如何在当前公司经营困难的情况下顺利完成扶贫任务,成为摆在中远海运面前的一个重要课题。经过缜密的调查和研究,集团党组提出充分发挥中远海运慈善基金会的作用,将所有援藏扶贫及社会公益工作纳入基金会平台进行资金的配置及管理,充分整合公益资金,发挥整体优势,确保援藏扶贫项目的资金投入。

作为非公募、非营利性慈善基金会,中远海运慈善基金会担负了中远海运扶贫开发资金平台的重要作用,多年来打造了"远航·家园""远航·追梦""远航·自强"等具有行业特色的"远航"

系列品牌项目，累计捐资超过5亿元，多次获得"中华慈善奖""慈善透明卓越组织"等荣誉，获得了社会的普遍认可，为企业最大化履行社会责任发挥了突出作用。

正是由于"远航·家园"项目的帮扶，洛隆、类乌齐两县的大骨节病防治工作成效明显，为精准脱贫提供健康支持，有效抑制因病致贫、因病返贫的发生，提升全县农牧民群众健康意识，密切了政府和人民群众的血肉联系。

未来，中远海运慈善基金会将自管项目进一步向对口援助单位倾斜，通过实地考察和对接，把每一笔钱花在刀刃上，着力解决基础设施及民生方面的问题。

作为中国航运业的龙头企业，中远海运拥有世界第一的商船船队和船员队伍，为践行"海洋强国""一带一路"、装备制造"走出去"等国家战略，发挥着重要的作用。

集团援藏干部牢记集团党组重托，顺应洛隆发展需要，把西藏当作第二故乡，与受援地区人民同呼吸、共命运、心连心，克服了高寒缺氧、语言不通、水土不服、交通艰险、基础设施薄弱等诸多困难，积极适应、快速融入、主动作为，和当地干部群众一道，抢抓机遇、攻坚克难、真抓实干，共同推动了洛隆和类乌齐的改革、发展和稳定，做了大量卓有成效的工作。

2016年12月28日，由中远海运物流规划的拉萨—宁波"西藏号"集装箱班列正式首发，70只集装箱、1890吨卓玛泉天然饮用水，纵穿西藏、青海、甘肃、陕西、河南、安徽、浙江等地，行驶4500公里于6天后抵达目的地,为西藏充分融入国家"一带一路"和"南亚陆路大通道"建设打开了大门。无论是洛隆县还是中远海运新增加对口支援的类乌齐县,乃至整个西藏自治区,都有望实现跨越式发展。正如中远海运原董事、总经理、党组副书记万敏在国务院国资委"央企助力、富民兴藏"活动上提出的那样:"中远海运将加强与地方的交流,优化体制机制,动员和凝聚全集团力量共同参与,并带动全社会一起为西藏的经济和社会发展贡献力量,与西藏人民携手并进,共同享受幸福、美好的新生活。"

2018年11月,洛隆县脱贫摘帽了;2019年4月,安化县脱贫摘帽了;2020年2月,沅陵县脱贫摘帽了;2020年5月,永德县脱贫摘帽了!

十一、心中有灯,脚下有路

自2012年起,中远海运集团相继派出82名挂职干部,远赴脱贫攻坚一线。他们和贫困地区的乡亲一起,扎根山村,用热血青春书写"脱贫答卷"。

余贵兵,作为中远海运物流青岛公司航务部总经理助理,成了中远海运集团派到类乌齐的第一个干部,从2016年8月到2019年7月,他在类乌齐待了3年。

或许是因为同为扶贫干部,他愿意更多地向我敞开心扉。

他曾跟我讲过一个故事:一位盲人提着一盏灯在漆黑的路上行走。不解的路人问他明明看不见,为啥提盏灯,他说:这灯是为了照亮别人，同时保护自己。手中的灯在我心里，脚下才会有路。

初来乍到，他就开始了下乡调研工作：

我记忆最深刻的是一个户主叫布迪的贫困家庭。第一次去布迪家的时候，伊日乡虽然已经山花烂漫，但山里的气温还是很低，寒风凛凛。布迪家在河边的一处半坡上，那是一个低矮的藏式石头房子。我刚踏进屋里，几乎什么都看不见，屋内光线昏暗，能采光的除了门就只有一个很小的朝南的窗户。过了好一会儿，我才看清楚屋里大概的情况。

沿着墙壁是半圈藏床，中间一个藏区传统的柴火炉，靠墙角陈列着简单的炊具和生活用品。我坐下和布迪以及村支书罗布聊天，了解家庭情况，突然有几个小脑袋从门边探了出来，好奇地朝屋里瞅。我猜应该是布迪的孩子们吧，便让布迪把孩子们都叫过来。孩子们怯生生地走进来后，布迪给我介绍了孩子们的情况。那是我第一次见到阿牛。

布迪有5个孩子，阿牛排行老二，当时初中毕业正好放假在家。她略显局促和羞涩地和弟弟妹妹们坐在藏床上，我问一句她回答一句。虽然是很平常的问答，但我能感觉到她语气中的紧张。我与孩子们聊了些学校、学习的情况，他们慢慢放松了下来。我告诉他们要继续好好学习，考上大学，走出大山去看看外面的世界，学成归来可以像村支书罗布大哥哥一样，有更大的能力选择自己的生活，照顾自己的家庭，更好地为家乡、社会服务。也许阿牛并没有全部听懂和理解我说的话，但她闪亮的眼睛和略显兴奋的神情仿佛刚刚打开了一扇心灵的窗户，看到了外面不一样的风景而感到欣喜。由于还要去其他帮扶家庭，所以我再次向布迪叮嘱无论如何都必须支持孩子上学，有任何困难可以随时找我等，然后就离开了。

之后不久，村支书罗布捎来了布迪的话，说阿牛好像生病了，却不肯详细告诉家人，有些影响这段时间的学习，希望我能帮助她。于是我再次家访时带上了重庆援藏医疗队的专家，但这一次我们没有看到孩子们。布迪说孩子们都在上学，他说不清楚病情。由于没看到患者，同行的专家也不好判定情况，只好留下联系电话，让阿牛在放假的时候直接到县医院去找她。

又过了些时日，有一天，我接到阿牛发来的微信，她说她已经去找过医生了，医生带她做了检查，还给她开了药吃，现在症状已经明显缓解了。她说很感谢我和周医生。我感觉挺欣慰的，便继续鼓励她，让她一定要相信科学，保重身体，努力学习，有需要随时联系我，阿牛回复了几个奋斗的表情。自那以后，阿牛会在周末可以使用手机时候，主动给我发信息问好，我也经常鼓励她。我给阿牛的生日红包祝福也让她开心了很久。在交流中，我能很明显地感觉到她变得越来越自信、开朗了。

快上高三时，我给阿牛建议，一定要在高考报名前，去公安局户籍科改一个名字，上大学时才不会因为名字而自卑。"阿牛"其实是家里人随口叫的小名，家里孩子多，上学的时候就直接用了这个音调。她也好像忽然醒悟了似的，不想用这个随意而来的名字，不想她未来的人生太随意。她现在叫自己"斯郎曲珍",是"阳光灿烂"的意思。她说她希望将来能考上内地的大学,毕业后能回到类乌齐工作,做一个像我一样能帮助别人的人。

之后多次家访,我都没有看到阿牛,但是布迪谈起阿牛时高兴和自豪之情溢于言表,说阿牛读书越来越努力,也越来越开朗,经常反过来教导爸爸妈妈,说服家里人改变原来的陈规陋习。回家后她也是以身作则教育弟弟妹妹要好好学习。我和阿牛的微信交流也依然继续着,从最初的好好读书到后面的时事新闻,还会聊聊世界观、人生观、价值观。我叮嘱她要感谢生长在这样一个好的时代,国家有这样好的政策,广阔天地大有可为,只要自己努力,树立目标,就有无限的空间去实现自己的价值。阿牛从最开始的懵懂无知,慢慢有了自己的思考和见解,我能感觉到她的变化。

四月的一天,阿牛给我发了条信息来,说是她嫂子要生小孩,之前的两个孩子都是在家里生的,第二个孩子因打卦结果不能去医院而耽误了时间,一生下来就夭折了。这次嫂子生孩子,她态度很明确地和哥哥商量,不去找活佛打卦了,而是直接去县医院,目前孩子已经很顺利出生,母子平安。她说她的哥哥和父亲能接受她的建议是受我的影响和她在家里的宣传,言语中还有些小小的俏皮和得意。

今年六月份,阿牛就要参加高考了,这个当初无比羞涩、沉默寡言的小孩,已经成长为一个自信自强、目标明确的大姑娘了。她像一棵刚刚绽放枝芽的小苗,正努力地想要长成一棵大树。看着她的成长，我更坚定了自己去做这些事的决心，虽然它是那么的微不足道。

在我三年的工作中，我不断将自己在企业经营管理中积累的经验、理念、思路、方法与干部群众分享，欣喜地看着他们的成长与进步。我告诉自己，要做一个心中有灯、脚下有路的人。我心里的灯照亮需要我的方向，我脚下的路通向需要我的地方。三年来，我多次在驻乡下村过程中，积极地发现问题、解决问题，解决了部分乡镇老百姓没有干净饮水的问题；解决了全县在校学生无保温杯喝热水和酥油茶的问题；解决了部分基层干部办公设备不足的问题。我还与重庆援藏医疗队合作，到边远乡村让出行困难的贫困百姓在家门口接受援藏专家的诊治。

我心中的灯，照亮我自己的路，历经山河，犹觉人间值得；我心中的灯，照亮了别人的路，虽筚路蓝缕，仍雄心万丈。

当余贵兵跟我讲完他的故事，还有他的这些心得体会时，我深深地感受到这是一个有血有肉的青年。他用平凡书写了伟大，用坚韧创造了辉煌，但他却与我没有距离感，总在我的身旁！

十二、时刻准备着

董建华是中远海运集团派驻类乌齐的第二批扶贫干部。当我第一次见到他时，我感觉他仿佛就是曾经的我！

援藏对我来说是神圣的。一念及此,一股神圣的使命感就会从我的内心迸发而出。我知道援藏意味着艰苦,意味着困难,意味着身体受损,意味着可能失去生命,但它也意味着平凡的自己将与国家战略联系在一起。所以,对于援藏,我时刻准备着。

这是董建华在来到类乌齐时的想法。

青藏高原是个寒冷的地方,它的寒冷不只来源于它极低的温度,还来源于深入骨髓的贫穷。温暖和关爱是这片高原最需要的东西。我觉得所有能体现温暖和关爱的项目都是很好的援藏项目。比如,我下乡看望个人结对帮扶对象时发现,当地群众冬衣匮乏,贫困群众甚至连换洗的衣物都没有,尤其是小孩子,冬季也只有秋装裹身。内地的家庭还有着闲置衣物无处安置的困扰。我想到如果能把这些闲置的冬衣用到藏地来,一定是一件令双方都受益的事情。我便利用集团成员单位扶贫日的捐款,购买了一些扶贫物资发放给贫困家庭,顺便把这些衣服也派发了。

三年的援藏生活,的确会苍老我们的面容,消耗我们的体能,但那些苦难和艰辛终将过去,留下的只是它带给我的成长和收获。我感谢生在这个伟大的时代,感谢集团和组织、各级领导对我的信任,给予我这样的锻炼机会,感谢家人和本地干部群众的支持。离别是为了更好地重逢,历练是为了更大的贡献,在未来的工作中,我将继续以饱满的热情、昂扬的斗志、援藏的志气、同舟共济的精神，全力以赴，作出自己应有的贡献。

他以实际行动履行着自己的承诺，奔波在类乌齐大地上。

一日，他带我去看扶贫项目。虽然那是我们第一次见面，彼此却都感觉无比亲切，或许是因为我和他一样都做过扶贫干部吧。一路上，我的心情是放松的，而他却是疲倦而忙碌的，不是在打电话谈工作，就是昏昏欲睡。一阵风吹来，他捋了捋自己的头发，我发现他的头发明显比当初援藏时照片上的稀疏多了。觉察到我的目光，他苦笑着说，每天都掉不少头发，感觉自己的记忆力都好像差了！

那一刻，我才知道，我从昌都邦达机场出来时的头痛可以很快消失，而他却要长期忍受着慢性高原反应，这远比我在湖南安化扶贫时困难得多、辛苦得多！

我们的车跨越了数不清的山头，经历了几处山体滑坡，才到达董建华的基层联系点——伊日乡。伊日乡党委书记昂旺曲珍热情地接待了我们。我喜欢这样的基层干部，因为她的话和她的性格一样朴实。她跟我讲述起董建华在伊日乡的扶贫故事。

2019年3月，他第一次到乡里来，本可以在这次历时一个月的下乡里慢慢地开展工作，但他顾不得休息，连美丽的伊日风景都未来得及看上一眼，就开始下村，与村"两委"班子成员、驻村工作队及村民进行座谈、交流，深入了解驻村工作开展情况和当地的村情民风及存在的困难和问题。

他发现乡政府通往县城的唯一一座桥梁的桥身已有裂缝，护栏损坏严重,过桥十分危险,于是立即有了他来类乌齐的第一个后备项目——修桥。一年后,中远海运投资70万元修建的伊日新桥便落成了。

乡政府对面的伊日天然温泉生意越来越火爆,类乌齐县及周边县,甚至青海的藏族同胞都愿意来温泉休闲,但周边的棚户区只有几户百姓自建的老旧的土木结构房。他得知情况之后,第一时间申请房屋改造资金,对棚户区进行改造。2019年,中远海运集团投资200多万元,修建了11座新商铺,整个街道焕然一新,美观了很多,老百姓吃饭、购物也方便了很多。

在乡里,他多次召开脱贫攻坚普查工作部署会,带头落实上级相关工作要求。他对自己的要求很严格,在工作中以身作则、精益求精,总是在第一时间下村入户,工作在一线,访贫问苦,调研情况。他深入贫困户家中,看底数是否清楚,穷根是否找准,目标是否明确,对策是否精准,帮扶是否到位。他亲自走访了解危房户的情况,查看危房改造进度,不定期地对五个行政村的建档立卡资料、各项工作指标数据等基础性材料、基本数据,以及各项工作中的印证材料,集体经济产业、规划项目、转移就业、资金落实、精准识别、控辍保学等工作开展情况进行检查督导。

他在伊日乡的亚中村有2户帮扶户,每次进行帮扶的时候,他都会和帮扶对象促膝长谈,详细询问他们的家庭情况、生活状况、身体情况,帮助贫困户理清发展思路,叮嘱他们在农忙时期注意休息,在生活上如遇到困难,可及时与他联系,并承诺,需要给予帮助解决的,他会力所能及地予以帮助解决。他鼓励贫困户坚定信心、克服困难,争取早日走上脱贫致富之路。

2020年4月24日,伊日乡小学举行了"中远海运集运帮扶物资捐赠仪式",他利用集团同事捐赠的款项,买了790斤牦牛肉、300箱矿泉水、30件饼干等爱心物资,为乡村学校和农牧民送去了关心、关怀,也为伊日乡教育事业奉献了一份力量。

伊日乡有着天然的区位优势、丰富的生态旅游资源。为了大力宣传旅游产业,2020年6月25日,他在"类乌齐县·中远海运文化旅游宣传推广周"活动中,利用互联网等渠道大力宣传推介伊日温泉、大峡谷等自然生态旅游资源,大大提高了伊日乡旅游产业、特色产品的知名度,增加了群众和集体的经济收入。当天在伊日大峡谷举行的"快乐健康行·美丽伊日游"百人健步走活动,为水堤村10家民宿增收2万元,搭上了"旅游+扶贫"的快车。

微光点点,聚而成炬;累土不辍,丘山崇成。无数次滴水穿石,汇聚成奔涌不竭的大江大河,中远海运顺应历史有担当。秘境藏东、风雨潇湘、彩云之南,八千里路云和月,一道沧海春与秋。扶贫干部用援藏扶贫的每一寸脚印,丈量贫困与小康之间的距离,为之奋斗不息!

十三、更加光辉灿烂

弹指　挥间,雪域巨变。当历史的指针摆向此时此刻,西藏各族干部群众更加深刻地认识到:西藏经济社会每一项事业的发展进步，无不凝结着习近平总书记和党中央的巨大关怀，无不彰显了总书记治国理政新理念、新思想、新战略的英明正确，无不是各族人民、华夏儿女共同扶贫的结果。

试看今日之西藏，岁月静好、山河安澜，欣欣向荣、稳定和谐，各族人民同心同德，开拓进取，不断为"西藏稳定发展正处在历史上最好时期之一"这一恢宏论断丰富着新的内涵，不断为新时代党的治藏方略的成功实践标注着新的方位，不断以向着全面小康昂扬奋进的实干实绩诠释着感恩、忠诚与担当。

大江东流去，慷慨歌未央。站在全面建成小康社会决胜阶段的历史节点，祖国正以崭新的姿态，奋力谱写新时代中华民族伟大复兴中国梦的美丽篇章。巍峨耸立的皑皑雪山，俯瞰着雪域高原的欣欣向荣；奔腾不息的雅鲁藏布江水，涌动着奋勇向前的勃勃生机。

实践充分证明，只有坚定不移坚持中国共产党的领导，坚持走中国特色社会主义道路，坚持民族区域自治制度，坚持贯彻新时代党的治藏方略，才能焕发感恩奋进的磅礴力量，才能指引前行的铿锵脚步，祖国的明天也才会更加光辉灿烂。

2020 年 10 月 26 日

冰叶上的纹路

我小时候还是很幸运的,虽在南方,冬天也能经常见到下雪!鹅毛大雪飘飘洒洒落一夜,就在大菜叶子上结成冰。我轻轻地将整片冰揭下来,看得见晶莹透亮的冰叶上清晰的脉络纹路。

炎夏的午后,村庄也在午休,我却不肯浪费了玩的时间,拿着望远镜在楼上张望,透过窗口,寻找要看的东西。在望远镜往下垂落之时,一片灰色与一片黑色晃动着塞满了我的镜头。放下望远镜,我看见了三嫂和她八岁的儿子——比我小三岁的侄子智,走过我家院墙外的小路。

她忽然停下,院墙上瓜藤蔓蔓,也掩不住她锐利的眼神。她定定地看着那个碗口粗的丝瓜,然后快速地左顾右盼,迅即伸手从叶丛中摘下了丝瓜。智侄子叫:"妈妈,这里还有一个!"她又赶紧摘了,一起藏在衣襟底下,拉着儿子赶紧离开。她得意的笑,还有那深深的皱纹,在我的望远镜里非常清晰。我突然想起冬天玩过的冰叶，感觉望远镜透亮的镜片后边也有纹路。

傍晚，发现瓜丢了的四叔开始骂人："哪个偷了我的丝瓜？！偷了烂手脚！吃了爆肠肚！"这些恶毒的骂人话，我听了也不在意，只是四叔直骂了一个多小时，仍意犹未尽。我看见篱笆背后的三嫂在自家院子里急得直跺脚。

三嫂在村子里是精明人，是最能干的媳妇。有一年，三哥从外地回来休探亲假，假期满了却正是农忙抢收、抢种的时节，三嫂就去镇里打了个电话给三哥的单位，说三哥帮单位购买物资时受工伤了，还要再休一段时间。单位对职工真好，还派了人来慰问，果然见三哥包扎着伤口躺在床上，脸色苍白，全身无力。来人还向单位请示了，又给了一些慰问金。单位的人一走，三哥就起床下田了，像一头壮年牛一样割稻、踩打谷机、拔花生、插秧、莳田，样样能干。他们夫妻高兴得不得了，既多了假，又帮家里干了活，还白得了慰问金。

我问母亲，三哥的伤好得这么快？母亲说，他们是聪明人啊！我那时小，所以一直很疑惑！

我住在广州城中村的时候，三嫂和智侄子在隔壁村市场卖衣衫。难得有邻居同在外地且这么近，我和母亲便过去看她们。穿过凌乱的握手楼，难以想象这里曾经是连片的番石榴种植地，清下水道、安装网络的小广告贴在每一堵墙、每一扇门上。我在这个国际大都市里找不到春天繁花、夏日果香的感觉。

找到三嫂时，她正在招呼顾客："靓女，这衣服你穿一定好看！"

显然她已经学会了这个城市最时髦的称呼。她与我们母子说着话，聊起最近村子里的事情。她对我说："城市里的东西我都懂！"我看着她麻利地拾掇货物，热情地招呼客人，和我们说着她的憧憬，我也觉得她会越做越好的。

一个老奶奶过来，挺喜欢一件对襟外套，只是那件有些破损，便要求换一件。三嫂在一大堆衣服里终于找出了一件同码的外套，就在老奶奶颤巍巍地打开布包付钱时，我看见她如当年摘丝瓜藏入衣襟底下一样，迅速地把那件有破损的外套换到塑料袋里，给了老奶奶。或许，她如当年一样以为没有人看见，而这一刻，没有望远镜，我也能看得到她得意的笑和她更深的皱纹，还有她如贼一样躲躲闪闪的眼神。

回去的路上，母亲跟我说："她也不容易啊，我们有时间再去看她！"我说："应该没有下次吧！"母亲疑惑地问我："为什么？她这么聪明的人，什么都懂的人！"我说："她是这个城市里无知的人！"

果然，三嫂不久就结束了她的衣档生意回老家了。

冬天，我会在广州的街上走来走去，或者在某块草地上流连，不舍离去，我想感受雪花飘飘的气息。我本来觉得这个世界一切都是合情合理的，一切都是透明可见的，包括人的思想，头颅就是晶莹透亮的冰叶子，人的思想被冰叶复刻了，有清晰可见的脉络纹路。但其实一切都混沌着，混合着尘土的味道。

现在，老家的冬天已经很少下雪了，冉也没有冰叶子了。

2021 年 1 月 5 日

捉梦人

一、捉梦人

黑夜是一块踏板,让那些梦境中的人物一一地走过来,即使是遥远的,或者另一个世界的人,都轻易地相见了!

我遇见了河神,而那时我还只有十二岁,没有听过《山海经》的神话,也没读过古文《洛神赋》。

河神向我们这群游水的孩子走来,他很年轻,镶嵌黄金甲片的衣服闪耀着灿烂的光芒。他站在上犹河的水面上,两臂平伸,把我从水中托起,跃出波光潋滟的河面,飘浮着上了木桥。此时天上下起了石子雨,打得孩子们四散,却落不到我身上。我在桥上抚着栏杆,看见河神消失在远方落日的深处。我想走回家去,却双脚沉重,我拼命挣扎,也迈不开半步。

我从梦中醒来的时候一身汗,觉得很累。我仔细地回味着梦境中的一切,已有些混沌与恍惚,但像刚刚在我眼前倏忽而过的身影,雕镂在黑夜上的亮光，是一种确凿的经历。

有人说泼点狗血驱邪吧，或者到傍晚时喊下魂，我一骨碌爬起身，说不用了。我明白，那一定是情景梦中再现吧。昨日下午我在河中游水，顺流而下经过唐江木桥时，我攀附在木桩上戏水，一辆汽车从桥面驶过，落下的沙子雨打得我满脸生疼。后来费了好大劲逆流洄游上岸时，夕阳在水中，像通天的红烛，摇曳生姿。

这个梦，在很长的时间里反复地做过几次，直到我坐着汽车离开村庄，经过木桥时仿佛听到了沙子掉入河中的啪啪响声。我的童年和我现实的肉体，在这个村庄所经历的一切，就是我灵魂经历的一切，它们在梦境中出现，那是我的灵魂向自己在说话，在暗示。

此后，我开始做一些离奇或怪异的梦，有高考落榜时哭得伤心欲绝的，有大学没能毕业流浪街头的，有一个人在茫茫宇宙孤魂般地无声飘荡的，偶尔也有尽享人间繁华的……生活的点点滴滴，似乎都在梦境里重现，又或是相反，我根本无法琢磨出它们的规律，任由它们像秋天的落叶，铺满了思绪。我也无法改变它们的轻重，因为现实的生活本身就有轻重，有轻快的顺境，也有沉重的压痕。

木桥已经拆掉，唐江大桥的水泥石礅被水草、苔藓包围，没人再敢攀附在桥墩上玩。上游筑了水坝，水量骤减，上犹江就像失了血气，曾经宽阔的水面如今只留一条沟道苟延残喘，岸边的河床裸露而杂乱，如一块块黑斑。

那个多年前的梦重新出现了，但又有些不同。河神还是那样年轻，衣服还是那样灿烂，他托着我，带着平静的笑，仿佛这一切都验证了他的先知，一切都寂静无声，却有莲花般的香气。我感到孤寂，我极力挣扎也打不开眼皮，但我能知道，四周没有一个人，那一群孩子不见了！

我想邀约梦境的同行者，但往梦境的路径是单人通道，即使是现实中的同志或是爱侣，或许可以知悲欢，却必定是同床异梦，无法知梦境。

我害怕做噩梦，但还好，越长大，噩梦越少，我把这归功于我对这个世界的真诚。

一声惊雷，我看见一条凶残的恶龙张牙舞爪地炫耀它蓄意的狰狞与夸张性的暴力，嘶吼着要随时向我扑来。一会儿，那狰狞的面目忽又变成一张人脸，我看不清他的样子，却又好像认识他。我问道："为什么害我？"他并不回答，直接向我扔石头，然后倒下，那笨重而肮脏的身子向我砸来，就要砸到我的瞬间却灰飞烟灭了。

从噩梦中醒来，我满头大汗，一摸，是冷汗，手脚也冰凉。那时我正在老屋里，睡在那张旧床上，离河神出现的地方并不远，所以我并不害怕。

我在床上躺了一会儿，没有对任何人讲述这个梦境。这样的险恶与恐怖，让它在梦中出现就好了。我在枕头下放了一本书，时不时拿出来读一读。我把书签夹在书页间，感觉它就像系在老家做梦树上的红绳一样，打个结便不做噩梦了。

法师含一口圣水，对着东方喷吐而出，口中念念有词，急急如律令！一个草编的人，梳着几条细长的发辫，宽大的衣袍，悬空从天而降,在大厅里飘飘荡荡。在它靠近我时,我目不转睛,盯着他空洞的眼眶和干瘪的身体……这确实是个梦。

梦是现实的拓片,我希望我是一个捉梦的人,能把梦境中的一切都捉住,让琳琅的梦境变得更美好起来。或者,把梦境中见到的最美景致、最动人的面目捉住,纵身跳过夜的踏板,在白昼中变成现实。

二、人模狗样

我在山间,遇见一只狗被猎人追捕,求我保护它。我同意了,把它变成人并带它同行,于是躲过了追捕。猎人走后,它露出原形,趁我喂它时咬了我一口。

我到医院去,医生说,那是只癫狗!很多人传说我得了狂犬病,远离了我。我便开始腐烂,臭气熏天……

梦醒了,但我记住了那只狗变成人的模样。我该成为那个猎人,为民除害。

三、炸食

我们一群人在喝酒,个个面红耳赤。

有人肚子饿了,便撕下一层肚皮,放在油锅中炸,皮酥香脆,感觉挺好吃的。但他一层一层地撕,最后竟然见到他的心脏,黑乎乎的污泥浆水流出米。

我的眼前一片黑洞洞的。赶紧跑,那黑泥浆要漫淹过来!梦便醒了。

是不是曾经的某个人，面红心黑？

四、疯子

我遇见了那个疯子，我挺为他可惜的。

他初次来到这个城市的时候，一片茫然，连方向都认不出。但在我的帮助下他发达了。每个节日，我都能收到他发来的感谢与问候的信息。

可是不久，他喝酒喝疯了，一种身体强壮的疯！他不断地咒骂我，甚至拿刀持棒追打我。有人问他为什么这样对我，他说，在这个城市他只认得我了！

疯子，是可以无理智地所向披靡，我既不能跟他打斗，也无法跟他讲理，我只能躲闪避让，而别人更不懂我与他的是非。

除了那些患病的疯子，世界上没几个人是真正的疯，有些只是装疯。这虽是我梦中的呓语，但我梦醒后，想法依然！

五、石磨

母亲想吃米馃了，我却找不到家里的磨。我想去找村里的石匠，却怎么也走不出家门。

梦醒了，我接着睡。

母亲又想吃米馃了，我便随手从山上拿下一块大石头，用手捏出一个石磨，用指甲当钎，刮出一道道印痕，它们从磨心出发，弧形向外,像旧石器时代壁画上光芒旋转的太阳。

梦真醒了。确实是有太阳高挂,阳光灿烂,母亲在院子的菜地里为我摘菜。

六、梦与现实

有些梦是现实,有些现实如梦!

2021 年 6 月 13 日

节气里的歌

江南的家乡土地，不长小麦、大麦，没有麦子就无法描绘芒种的模样。只有如期而至的雨，随心而来。

告别小满，时光继续热情高涨。当斗指巳，黄经半斜，潮湿的空气中，弥漫了麦香。

告别以往，心情渐渐平静下来，时已初夏，万物俱荣，欣欣的生机里，饱含了精神。

我用笔作刀，裁下朝霞的多彩，截取黑夜的明亮，织成从芒种到小满的路途。

芒种是美的，美得有花神。芒种节后，群芳摇落，花神退位，人世间便要隆重地为她饯行。那些女孩们，可以穿上花裙子，用花瓣柳枝编成轿马，或用绫锦纱罗叠成千旄旌幢，彩线系了，为每一棵树、每一枝花打扮。满园里桃羞杏让，燕妒莺惭，绣带飘飘，花枝招展，仿佛不是送别花神，而是让花神以少女的容貌、以多彩的万物，留在这人世间。

芒种是豪气的，豪得有侠义。时风雨变化，天外龙挂，曹操与刘备煮起青梅酒，一个如升龙，跃于云上，俯视天下，长歌当啸，豪气冲天，指点群雄；一个似隐龙，羽翼未丰，寄人篱下，一味谦恭，步步为营，巧渡难关。只是时间流逝，把天地英雄也一洗而空，繁华热闹的铜雀台如今早就荒芜冷落，当年的赤壁战场也没了铁马金戈，但英雄，以他的光彩、他的豪气，留下了故事，心耳相传。是否再有龙挂在天，是否有人与你把酒论说，风吹不散长恨，花染不透乡愁，雪映不出山河，月圆不了古梦，沿着宿命走入迷思，从芒种走到大寒，从梦里回到三国。

芒种是忙的，忙得踏实。"田家少闲月，五月人倍忙。"骄阳烈日下，麦浪滚滚中，人们挥汗如雨，有芒的麦子快收，有芒的稻子快种，在抢收抢种之间，碗里升起暖暖的麦香。可是人们忙得开心，忙得踏实，因为有一分耕耘，就有一分收获，在一收一种间，温饱自知。古人在田间，今人在城里，忙碌着，每一份汗水和泪水，都承载着一份对未来生活的期盼，一份对美好生活的向往。人生大事，无非种收，勿误农时。抓住芒种，播下今日的种，收获明天的果。

一年四季，二十四节气，这是我们从努力到收获的过程。芒种就是积攒热情与干劲的节气，饱含了精神，带着美，带着希望，分秒必争，走向圆满。

2019 年 6 月 6 日

相知,被声音和目光渗透

想念,是一粒顽强的种子,无论在贫瘠或肥沃的土地上,还是在中年平静的心灵里,都会野蛮地发芽、生长,这是喜爱和缘分的天然结局!

在特别的日子相遇,留下想念,是否也如青春年少的爱情,有一种无可抵挡的力量把忧郁的思绪一扫而光?

如果想念可以素心相赠,无妨悄悄相传、脉脉而流。相知,就会被熟悉的声音和渴望的目光渗透,在一种丰满里,蕴藏着一生中难得的平静馨香……

不需要方向,因为不论你在哪里,我的想念总奔向你!